eye
守望者

——

到灯塔去

Wajdi Mouawad

海 边

瓦日迪·穆瓦德剧作集

〔加〕瓦日迪·穆瓦德 著
王婧 译

Littoral
&
Incendies

南京大学出版社

Littoral © 2001 [2009, 2015], Leméac Éditeur (Montréal, Canada)
Incendies © 2003 [2009, 2015], Leméac Éditeur (Montréal, Canada)
Actes Sud pour la France, la Suisse, la Belgique, le Luxembourg et les DOM - TOM
Toute adaptation ou utilisation de cette oeuvre, en tout ou en partie, par quelque moyen que ce soit, par toute personne ou tout groupe, amateur ou professionnel, est formellement interdite sans l'autorisation écrite de l'auteur ou de son agent autorisé. Pour toute autorisation, veuillez communiquer avec l'agent

Simplified Chinese Edition Copyright © 2025 by NJUP
江苏省版权局著作权合同登记　图字：10-2024-144号

图书在版编目(CIP)数据

海边：瓦日迪·穆瓦德剧作集／（加）瓦日迪·穆瓦德著；王婧译. -- 南京：南京大学出版社，2025.
3. -- ISBN 978-7-305-28494-6

Ⅰ. I711.35

中国国家版本馆CIP数据核字第2024XP4463号

出版发行	南京大学出版社
社　　址	南京市汉口路22号　　邮　编　210093

HAIBIAN: WARIDI MUWADE JUZUOJI
书　　名	海边：瓦日迪·穆瓦德剧作集
著　　者	［加］瓦日迪·穆瓦德
译　　者	王　婧
责任编辑	付　裕
照　　排	南京紫藤制版印务中心
印　　刷	南京爱德印刷有限公司
开　　本	787 mm×550 mm　1/32　印张8.25　字数157千
版　　次	2025年3月第1版　2025年3月第1次印刷
ISBN	978-7-305-28494-6
定　　价	56.00元

网　　址：http://www.njupco.com
官方微博：http://weibo.com/njupco
官方微信：njupress
销售咨询：(025)83594756

* 版权所有，侵权必究
* 凡购买南大版图书，如有印装质量问题，请与所购图书销售部门联系调换

目 录

译者序
001

海 边
001

焦土之城
129

译者序

于我而言,文学翻译是一场邂逅,是译者与作者的邂逅,是一种语言与另一种语言的邂逅,它超越时间,跨越空间,以变幻的文字轻叩万里之外的读者一扇又一扇心门,从此,一场邂逅成就了无数场邂逅。

我与瓦日迪·穆瓦德的邂逅始于巴黎的一间剧场,那时我坐在观众席,沉浸在他所塑造的戏剧世界里,在流动的舞台空间和明灭的灯光中,随着人物的命运时而哭,时而笑,尽管那一刻,我知道自己身处剧场,在我面前上演的是一出戏,我却分明感受到舞台上有一种真实,一种超越具体生活现实,深入生命议题的真实;有一种力量,一种不拘泥于个人创伤、个体化的苦难,通往深邃而广袤的精神世界的力量;有一种悲悯,一种洞见过人性之恶、时代之痛、历史之殇,却依然对人类饱含深情的悲悯。身为常年往返于中法两国,从事舞台艺术交流的戏剧人,我深知这样的作品、这样的创作者是我们这个时代中的少数。走出剧场,我记住了这位用法语写作、导演,拥有一个带有异域色彩名字的艺术家:瓦日迪·穆瓦德。从此,他的剧作和他的舞台成了我心灵得以安放之地,也成为我在面对当下世界那些生命不能承受之重时的一束光。因为这场邂逅如此美好而丰厚，我有了将它传递下去，分享给更多人的心愿。

瓦日迪·穆瓦德是黎巴嫩裔加拿大籍旅法艺术家，是编剧、导演，亦是演员和造型艺术家。他于1968年出生于黎巴嫩，10岁那年因战乱与家人逃亡至法国，但未能在法国获得合法身份，于是在他15岁那年，全家辗转至魁北克，获得了加拿大国籍。后来他在加拿大国立戏剧学院攻读戏剧表演，从此走上戏剧创作之路，现定居法国，担任法国柯林国家剧院院长。因个人的流亡经历，穆瓦德的剧作常以诗意而悲悯的方式表现动荡时代中个体命运的颠沛流离。作为当代法语地区最重要的戏剧家，他一方面对古典和当代戏剧作品进行改编，将莎士比亚、索福克勒斯、欧里庇得斯、韦德金德、契诃夫等大师巨作搬上当代戏剧舞台，另一方面，始终坚持原创文本写作，他的多个剧本如《海边》（*Littoral*）、《焦土之城》（*Incendies*）、《森林》（*Forêts*）、《天空》（*Ciels*）、《都是鸟儿》（*Tous des oiseaux*）、《母亲》（*La mère*）、《动词"存在"的平方根》（*Racine carré du verbe être*）等都已出版。除了剧本创作，他还写作了多部儿童文学作品及小说，比如2002年出版的《重识面孔》（*Visage retrouvé*）和2012年的《万物有灵》（*Anima*）。他的剧本《焦土之城》于2010年被丹尼斯·维伦纽瓦（Denis Villeneuve）改编成同名电影，获得第35届多伦多国际电影节最佳长片奖，并获第83届奥斯卡金像奖最佳外语片提名。迄今为止，穆瓦德的剧本已被翻译成约20种语言，在全球五大洲都有译介和出版。因其对文学和艺术的卓越贡献，他先后获得法国国家艺术与文学骑士勋章、加拿大国家艺术与文学军官勋章、里昂人文社会科学高等师范学院荣誉博士学位，以及法兰西学院戏剧大奖。

《海边：瓦日迪·穆瓦德剧作集》是穆瓦德的戏剧乃至文学作品首次在中国翻译出版，共收录他的两部代表作：《海边》和《焦土之城》。这两部作品是穆瓦德"誓言之血"（Le Sang des promesses）四部曲的前两部，另外两部作品为《森林》和《天空》。《海边》讲述的是一个年轻的儿子远行去安葬父亲的故事，《焦土之城》诉说的是双胞胎姐弟寻找他们从未谋面的父亲和哥哥的故事。这些作品表面上看似乎在讲"身份""故土""战争"，但戏剧家将"誓言"与"血"相连，无形中也把观众的注意力、感知力转移到更加隐秘、既不可见也不可言喻之处。在每一部作品中，都有人立下誓言却未能兑现。悲剧、苦难都因此接踵而至。穆瓦德试图以戏剧的方式寻找心之所望但又无法达到的个人与集体之间的平衡，即隐秘的、私人的故事与历史的、世界的时代议题之间的平衡：如何在集体的不幸中保持个人的安宁？如何在置身群体之中时，依然保有自由独立的叙事？他的"誓言之血"含义多重，暗指已许诺但也许并未兑现的话语之残酷，其词义既可以具象地表达违背誓言致使血流成河，亦可意指能使誓言永存的新鲜血液，那是一种在生存与死亡之间、在信守与背弃誓言之间流动的张力，它既是戏剧的张力，亦是生命的张力。

穆瓦德的戏剧生涯始于戏剧表演，后来投身写作，源于他作为流亡者，内心深处在异国他乡进行自我表达的冲动。"从戏剧学院毕业后，由于我的法语没有魁北克口音，再加上我的外形，我在加拿大戏剧舞台上能扮演的角色非常有限——要么演一个来自法国的角色，要么扮演黎巴嫩难民，而我想在戏剧舞台上讲述与我出生地有关的故事，那唯一的办法就是我自己去写。"①自小离开故土漂泊在外的经历让穆瓦德认为自己是一个"外来者"，这种漂泊感使他在写作中自然地成为"闯入者"，此即他写作的源头。他受到戏剧的召唤，投身到一片未知的写作体验之中，将故国的故事讲给异国的他者听，而正是这种"闯入者"的身份，这种没有"权利"去书写的状态，激发出了他的创造力，他的文字总能揭示角色内心的真实与复杂性，挖掘出人性中的阴暗和神秘，让我们这个时代又多了一个用笔去对抗历史、抚慰时代的剧作家，让我们在他的戏剧作品中深深地感到"无穷的远方，无数的人们，都和我有关"②。

在穆瓦德看来，写作也是一种邂逅。"我经常觉得自己是一棵树，有不同的鸟儿飞到我身边。一棵树在那里，一只鸟飞来停在了上面，鸟和树之间就会有对话，如果它们觉得彼此契合，可以和睦相处，鸟可能就会在这棵树上筑巢。但树从来不

---

① 节选自2024北京人艺国际戏剧邀请展话剧《海边》艺术讲座瓦日迪·穆瓦德的发言。
② 出自鲁迅《且介亭杂文末编·"这也是生活"》。

会觉得是它创造了鸟，也从不认为鸟属于它。鸟也不觉得它在树上建这个巢，这棵树就是属于它的。这是一种相遇。"①这也是穆瓦德对于他笔下的故事和人物的看法。如飞来的鸟，与他相遇。这种"相遇"意味着，他不认为是自己创造了某个角色或者他笔下的故事属于他，而是角色在某个偶然时刻出现在他的大脑中，他们之间通过互动和对话逐渐形成作品。他没有依靠技巧预先设计情节，而是通过生活中偶然迸发的灵感，依靠想象去带动创作。

《海边》的创作正是始于这样的邂逅。1997年，一群彷徨的年轻人彼此邂逅，希望能在这个认为思考无用的时代寻找生命存在的意义，穆瓦德就是其中一员。他们决定做一出戏，与他们的迷茫和困惑有关的戏。最初，作为发起人，他并不知道情节将如何发展，但很偶然地，他读到了三部探讨父子关系的文学作品——索福克勒斯的《俄狄浦斯王》、陀思妥耶夫斯基的《白痴》和莎士比亚的《哈姆雷特》。《俄狄浦斯王》中的国王位高权重，却看不清真相，《白痴》中的梅诗金公爵虽然被众人视为白痴，却是内心最清澈、通透之人，穆瓦德在两者之间看到了一种映照，而《哈姆雷特》则可以成为连接两者的媒介，因为哈姆雷特王子面临着为父复仇的困境：他是该像俄狄浦斯王一样看不清真相，还是像梅诗金公爵一样洞若观火？这三个著

---

① 节选自2024年10月26日乌镇戏剧节小镇对话"一望无际的《海边》"瓦日迪·穆瓦德的发言。

名的文学人物,一个杀了自己的父亲,一个不知道自己的父亲是谁,一个决心为父亲复仇,凭着直觉和感性的指引,他们成为穆瓦德创作《海边》的重要灵感。他决定从一个迷失的年轻人决定将父亲安葬在他的故土写起。《焦土之城》的创作也缘起于一段邂逅,源于穆瓦德与加拿大摄影师约瑟·朗布尔的相遇,这位多次深入中东,以相机洞见历史的卓越女性,向他讲述了自己拍摄一座不为人知的黎巴嫩秘密监狱的经历,穆瓦德邀请她来到自己的剧场,讲述这个暗黑之地的囚徒,尤其是女性囚徒们的故事。在朗布尔叙述到某一个瞬间时,穆瓦德的脑海中开始出现画面和台词,这成了《焦土之城》创作灵感的起点,最终他写出了一部史诗般的作品。"誓言之血"四部曲中的第二部——《焦土之城》,与《海边》的戏剧结构迥异,但文本之间有一种冥冥之中的呼应:它们都隐去了国家,模糊了时间,带有古希腊悲剧的影子,为满目疮痍的人类史留下了当代的戏剧见证。

作为拥有剧作家、导演和演员三重身份的戏剧人,穆瓦德的创作与先有剧本后有演出的传统方式不同,他的剧本是在与演员们排练的过程中逐步确定和完成的,此即"舞台写作"。他的每一个剧中人都有创排演员的影子。1997年创作《海边》时,穆瓦德将主创演员们的自身经历与剧中的年轻人进行了深入的结合,让这部反映动荡大时代下个体颠沛流离命运的作品,在带着悲剧色彩的同时,生发出鲜活的希望。而《焦土之城》中的每一个人物都有主创演员们渴望在舞台上塑造的某一角色的投射：爱打拳击的西蒙，喜欢小丑剧的娜瓦尔，说话常常语无伦次的公证人。穆瓦德曾说，没有我的演员就没有我的剧作，"当我提笔写作时，我是在黑暗中行走，跟随着演员们的声音行走"①。

穆瓦德的剧本是为舞台而写，而非仅供案头阅读的文本，因此在翻译过程中除了要还原他文字中的诗意与宽广、幽默与深刻，还要最大限度地保留原剧本的戏剧性，要翻译出语言的动作性、音乐性及舞台空间性。在《海边》的初译稿完成后，我节选剧本的上半部与四位中国演员一起排练，参加了2024年6月阿那亚戏剧节的环境剧本朗读，为的是让文字经受舞台的考验，排练期间，我根据他们的反馈继续对译稿进行调整与润色。在海边的阿那亚白色礼堂，写在纸上的译文通过演员们的表演转化为舞台上生动的对话。当三场剧本朗读圆满呈现，观众的掌声和欢呼声响起的那一刻，我忐忑的心也放了下来。也要借此感谢郗望、王梓行、钱可欣、张弛四位优秀的演员赋予中文剧本的生命和能量。四个月后，穆瓦德携法国柯林国家剧院于2024年10月底至11月初在乌镇戏剧节和北京人艺国际邀请展上，为中国观众献上了震撼人心的《海边》法语版现场演出，我的第三稿译文以字幕的形式成为连接舞台之上与舞台之下的

---

① 节选自穆瓦德与译者的对话。

桥梁。当观众随着剧情的起承转合时而哭时而笑的那一刻，我想起了多年前坐在巴黎剧场观众席的那个自己。

新年伊始，很欣慰自己的愿望即将实现，《海边：瓦日迪·穆瓦德剧作集》终于要与读者见面了。愿在你打开它的那一刻，也能开启一场美丽的邂逅。

王　婧

2024年1月3日于巴黎

海

边

Littoral

1997

献给史蒂夫、吉勒、伊莎贝尔,

献给大卫、帕斯卡尔、米若,

献给克罗德、马修、露西,

献给夏洛特、米歇尔、罗伯特,

献给玛侬,全心全意地献给玛侬!

——瓦日迪·穆瓦德

也献给别人

别人就是你。

在一起,在一起

相聚在黎明。

——伊莎贝尔·勒布朗①

---

① 伊莎贝尔与瓦日迪同为本剧创意人。(本书脚注皆为译者注。)

人　物

威尔弗里德

父亲

吉霍莫兰骑士

西蒙娜

阿魅

萨贝

马斯

约瑟芬妮

此　处

1. 夜晚

夜晚。

威尔弗里德　实在是因为走投无路了，法官先生，我才跑到这里来见您。听说您是处理这类事务的行家，我没有犹豫，在不知道该怎么说、该怎么应对的情况下就跑来了，因为面对飞来横祸，我能怎么应对呢？昨天我还好好的，可转天糟糕的事情就发生了，我就来到了这儿，到了您面前。您对我说，"跟我讲一讲你是谁"，就好像我是一个传奇。其实不是，我什么也不是，就是一个名不见经传的人，我实在不知道该怎么说，我从来就不知道！可现在需要做该做的事，我很想试着讲一讲，像您说的那样，讲一下我是谁，可就是只讲一下，我也不知道该怎么说，无论是讲得多还是讲得少，都需要很长的时间，那就从一个真实的信息开始吧。我叫威尔弗里德，我被那些即将从四面八方袭来的自然法则压得要喘不上气来。我也可以说，这个故事，如果算得上一个故事的话，在三天前以一种令人刻骨铭心的方式发生了。

我那时正在床上跟一个我记不得叫什么名字的女神在一起，雅典娜还是海伦娜，这并不重要，尤其是她也记不得我是谁。我们在做爱，做得登峰造极。我唤她弗朗索瓦孜、尚达尔、克洛缇娜、玛丽还有尤希尔；她唤我威廉、于连、乔治、穆斯塔法还有让·克洛德，她还叫过我杰拉尔和杰尔曼。真是爽。这个妞儿长着一对我从未抓过的屁股，可是，屁股，您要知道，法官先生，我可是抓过很多的。但那对屁股真的很绝。我不想强调细节，因为这儿不是说这个的地方，可是让您知道就是在这一刻，我发出了我生命中的那一射非常重要！很爽，很棒，很丰满，很油腻！就在我达到高潮的时候，就在我达到高潮的同一时刻，电话似乎也释放出了三声铃响；我没有经过任何思考就接了起来！有人不相信命运，而我并不介意，因为不管怎样，我也不信。可凌晨三点钟的电话，就是那凌晨三点钟的电话，在我射精的那一刻，通告了我父亲的死讯，如果这不是命运，这他妈的算什么？这算什么意思？"丁零零，喂，请来一下，您的父亲死了"，这能有什么含义？那么挂断电话，可是无济于事，那么就再挂断一次电话，可是完了，就算我们再挂断，也无法回到从前，完了，因为就好像那电话永远停留在手中，那声"丁零零，喂，请来一下，您的父亲死了"会一直萦绕在我们的耳畔！

我得去辨认尸体，尸体在太平间，可太平间因为一个技术问题关了！只有到七点才能重新开放！那就得等着，可是当世界坍塌的时候，该怎么等待呢？我没待在家里，因为那声"丁零零，喂，请来一下，您的父亲死了"，我不想待在那里；我出门想去寻找一个别处，可是这并不容易，尤其在心里压着一块大石头的时候——这个表达可真够傻的。我四处寻找别处，却一无所获：四处总是此处，这让人精疲力竭！

2. 拍摄

室外，夜晚，下雨。

导　　演　好，我们的拍摄时间不多了！这是雨中的一场戏！（对灯光师）这是一场夜戏日拍。（对摄像师）好，这里特写，肩扛摄像机，拉出镜头，定格在那里，以便体现出人物的孤独感。请大家各就各位。

场　　记　（给威尔弗里德浇了一桶水）准备就绪！

导　　演　洒雨！监视器！

收 音 师	声音就绪!
摄 像 师	OK,没问题!
场 记	孤身在夜里,在雨中,镜头1。
导 演	注意!三,二,一……ACTION!①威尔弗里德,你往前走,你想着你死去的父亲。你想着他独自一人死去,你想象着他的目光、他的眼睛、他的惶恐。
威尔弗里德	我不知道自己这种怪癖是从哪里来的,我总觉得自己正在演一部电影。
导 演	威尔弗里德,我并不存在,但你就能确定自己是真实存在的吗?往前走,威尔弗里德,想着那个你正在成为的人!
威尔弗里德	实际上,我多想还是昨天的那个我!
导 演	威尔弗里德,我是这部电影的导演,跟大家一样,面对这个疲惫不堪的世界,你和我有着那么多深沉的思考、那么多玄妙的思想需要表达。我们在做的电影已经毫无意义,因为我们被剥夺了所有的记忆,我们已经不知道我们都拍了些什么。一切似乎都是虚无,可是我们必须拍下去,

---

① "开拍!"两个剧本原文中多处对话夹杂常见英语口语表达。为表现这种语言夹杂之感,本书保留原剧作中的英文,在注释中进行翻译解释。

为了给我们生命中的陷阱设下陷阱。往前走，威尔弗里德，往前走！

威尔弗里德　但愿我能走得足够快，得以逃到某个地方，跑，飞，飞得离这里远远的，离现在远远的！

威尔弗里德继续着他的步伐。

3. 窥视秀

与法官。

威尔弗里德　可是没有！没有任何脱身之计！街上冷冷清清，没人能让我忘记我已经成了那个我已经成为的人！我似乎看到我的父亲赤裸地躺在一个冰箱里，没有穿戴任何能够对抗狂风骤雨的盔甲，头上没有，手上也没有！有的只是那翻来覆去、让人心神不宁的"丁零零，喂，请来一下，您的父亲死了"，于是我行走着。唯一还开着门，并且能让我换换脑子的地方，就是一个在街巷深处观看窥视秀的亭子间。我解开裤子，没有任何退路地抓住了自己的性器官，就像人抓住最后一根希望的稻草，可希望总是在你意想不到的地方出现。

窥视秀亭子间，播放色情电影。

顾　　　客	嗨！我是卡罗，这里没有空位了，我能跟你一起吗！①
威尔弗里德	可以，没问题！
顾　　　客	你真好！（他解开裤子）噢噢，哦耶……她真带劲……看着她……哦，操，哦，妈的！看那个！继续，继续，妈的，你真性感……受不了了，受不了了，受不了了……她太来劲了……啊，啊，啊……受不了了！我要高潮了！我得停下！哦，不！我还不想高潮……我的老天！太难了，真的太难了……

电影结束。

顾　　　客	天哪！我真是太喜欢了！我喜欢它！
威尔弗里德	你喜欢什么？
顾　　　客	窥视秀！我可太喜欢了！！……我喜欢在亭子间里自慰，很喜欢！我用我自己的节奏，自慰！我要射了，之后，就轮到你了，好吗？

电影重新开始。

顾　　　客	天哪！看那儿！我要进到你里面了！哦耶，现在吮吸我，耶！哦，上帝！我要到了，我要到了，耶，使劲儿，使劲儿……啊，上帝！啊，上帝！

他浑身颤抖地达到高潮。

---

① 以下威尔弗里德与顾客的对话原文为英文。

一个骑士出现，握着剑，手刃了那个顾客。

骑　　　士　快，去死吧，铁青的眼睛，阴暗的心。当我下来找你的时候，我听见你在干肮脏的事！去死吧，黑色的星宿，去死吧！啊，肮脏，肉体的肮脏，万般肮脏！我这是在哪里呢？上帝！尽管我知道自己醒着，也许我正在做梦？不，我没有做梦，我感觉得到，我知道！你呢，你是谁？天使还是魔鬼？在我揍你之前赶紧说话！

威尔弗里德　我叫威尔弗里德，我的父亲死了！

骑　　　士　如果你的心像你的眼神一样圣洁，那就帮帮我，因为我迷路了。

威尔弗里德　你，你是谁？

骑　　　士　我是吉霍莫兰骑士，为国王亚瑟效命，他生病了，我就出发去寻找圣杯，可摩根抓住了我，把我夹在乌鸦的翅膀下，对着我吼叫："你，我不会干掉你！我要把你活着送进地狱。"就没人能让这呻吟声停下来吗？

威尔弗里德　得等它自己停。

骑　　　士　所以我是在地狱？！

威尔弗里德　如果地狱是场窥视秀，那我们可是身在其中！

骑　　　士　把我从这里弄出去！耻辱！这是人世间的耻辱，罪恶的耻辱，令人作呕的耻辱！心明如镜的威尔

|||弗里德，快把我从这个让我的手、我的心还有我的灵魂遭受最痛苦煎熬的噩梦中解救出来。我不再知道自己是谁，我做过什么，我该做什么！帮帮我！

威尔弗里德 拿着你的剑，撞，然后祈祷，或许你就能启程，你要带上我远离这里，远离虚无的死亡。拿着你的剑，吉霍莫兰骑士，快，撞！

骑　　士 我是上帝的骑士，我来自一个眼中不知懦弱为何物的世界。你别挡着我的路，光天化日下竟有这般景象！你跪下，肮脏的东西，跪下！

威尔弗里德 我们起飞了！骑士！继续！你战斗，战斗，战斗！

骑　　士 我战斗，战斗，战斗！

威尔弗里德在顾客旁边。

顾　　客 嚯！真是棒，现在到你了！

威尔弗里德 行了！再见！

顾　　客 "再见"是什么意思！你不想爽一爽吗？

威尔弗里德 不了！我这样已经够爽了！

威尔弗里德下场。

4. 黎明

与法官。

四周是拍摄团队。

威尔弗里德 天亮了,与此相伴的是绝望!我没有醒来,那不是一个梦!如果我们能讨价还价该多好,可是没可能!没有讨价的可能、请求的可能、被听到的可能!只有阴霾,只有阴霾!你们走!我不想见到你们!

场　　　记 没有我们,你要怎么办呢,威尔弗里德?

摄　像　师 没有你,我们怎么办呢?

导　　　演 如何让一个无休无止转动着无穷无尽胶片的摄像机停止运行?如何让回忆停止?如何在不让电影继续的情况下继续下去?

威尔弗里德 哪部电影?如果真的是一部电影,我们应该感受到美,应该有音乐,应该有观众!可是没有人,除了一段不停不休的录音,除了一张卡在"丁零零,喂,请来一下,您的父亲死了"那里、让人发狂的碟片,什么都没有!还有你,你是谁?你想干什么?

导　　　演 我是你。

威尔弗里德 什么意思,你是我?!

导　　　演 我是昨天的你!

威尔弗里德 我没疯,法官先生,我大声地跟您讲着所有人都会遇到,却压低声音不愿声张的事。在类似这样的时刻,人人都自言自语,承担着被当成疯子的风险。我没疯，我只是不明白自己为何会如此心绪不宁！或许并不是我的父亲死了！我们讲过那么多流浪汉偷了别人的钱包，后来带着别人的身份证被杀的故事，这种出人意料的事对悲痛的家人来说是可憎又可恶的，我没有悲痛，因为我已经不知道自己叫什么。我不知道您是不是跟我一样，法官先生，可是对我而言，这是我第一次失去自己的父亲，我不知道该用什么样的态度去应对！在我们小的时候，没人好好教过我们该怎么面对类似的事情，当它突发在我们身上时，我们就陷进了泥沼。在我到达太平间的时候，我可不是精神抖擞的样子，您可以自己想象一下！

5. 太平间

太平间。

验 尸 官　　您好！我为这味道表示抱歉，我们这里之前发生了煤气泄漏。办这种事情现在有点儿早，但是在跟您解释细节之前，您需要去辨认一下遗体。您是儿子，对吧？您和他很像。

威尔弗里德　　您认识我父亲？

验 尸 官　　是我做的尸检。您跟他很像。过来吧。

威尔弗里德 您确定有这个必要?

验 尸 官 要带走您父亲的遗体,就必须做身份确认。

威尔弗里德 可是您说了我跟他很像……

验 尸 官 您看了就知道,并不是像大家想象的那样。那就是一具尸身,就像您冰柜深处冻的那只鸡一样。我们就去看几秒钟他的脸,然后就结束了。

验尸官准备掀起盖尸布。

威尔弗里德 我做不到……我做不到!

验 尸 官 那我就不能把您父亲的遗体转交给您。

威尔弗里德 因为那就是他!

验 尸 官 是他,但是您必须验证! 您看,我看了他,我一点反应也没有!

威尔弗里德 那是一定的! 您常年跟遗体打交道! 而我,得知那躺着的是我的父亲,赤身裸体,我做不到!

验 尸 官 我曾经给我的父亲做过防腐处理,您知道吗!

威尔弗里德 这太让人恶心了!

验 尸 官 但就是这样。傍晚,当我从这里出来,走在路上,我会一边注视着人们的眼睛,一边笑,因为我在那里面看到了在我自己的日常访客眼中从未见过的东西。那闪着光的灵魂、生命跳动的火焰,它们赋予意义以意义。走在路上,注视着一个孩子的眼睛,那就是幸福。过来看。您的父亲并不在这里，他的眼睛是空洞的，脸颊深陷，灵魂已经不在。

威尔弗里德 掀起布说一句"这是我父亲的尸身"可不是寻常的举动！我知道是他，我不需要掀起布，我知道是他。

威尔弗里德掀起遮布。

威尔弗里德 我的父亲！是我的父亲！这里太可怕了！

验 尸 官 我送您出去。

威尔弗里德 我想单独跟他待一会儿！

验 尸 官 我无权准许。

威尔弗里德 我不会吃了他，您可以信任我！

验 尸 官 我很抱歉！

威尔弗里德 您不能阻止我单独跟父亲的遗体待一阵子。

验 尸 官 我要求您马上出去！

威尔弗里德 决不。

验 尸 官 我只好动粗让您出去！

威尔弗里德 任何粗行都无法让我出去，因为我有所向披靡的友谊作为武器！

验 尸 官 我倒是很想见识一下！

威尔弗里德 那就有求必应！吉霍莫兰骑士！

骑士现身斩了验尸官。

骑 士 我一听到你的呼唤就赶了过来。

威尔弗里德 我的父亲死了,吉霍莫兰骑士。

骑　　士 所有好父亲都会把这件事做在儿子之前。

威尔弗里德 你的父亲死了吗,骑士?

骑　　士 我的国王病了。灰暗的忧郁掌控了他。他很绝望。

威尔弗里德 我们接下来做什么?

骑　　士 带着我们对忧伤的全部愤恨去流浪!

威尔弗里德 让我走吧,骑士。我只想死去,世界从此清清静静。太平间是一个销声匿迹的理想之地。人们非常愉快地照顾你。拿出你的剑,了结了我!我已心灰意冷!

骑　　士 好的,我来杀死你。

威尔弗里德 不,等等,等等!

骑　　士 别害怕,威尔弗里德。谵妄杀不了人。它会让人变得不同,但杀不死人。可怜的家伙。

　　　　　　骑士杀了威尔弗里德,他倒地。验尸官又让他活了过来。

验 尸 官 您晕倒了!来,我陪您出去。您出去的时候会有人给您一个信封,那里面有尸检报告。我已经为您把照片都删除了。

威尔弗里德 要怎么安置我父亲的遗体?

骑　　士 那边,那儿有一个非常棒的可以安放你父亲遗体的地方。

海 边

验 尸 官	取决于您的经济情况。
骑 士	一个陌生的地方,只为安放你父亲的遗体而存在。
验 尸 官	如果您希望不做遗体瞻仰直接火化,就不太贵,比较经济,或者您可以做瞻仰,然后可以土葬,可以火化,可以带或者不带追悼会,可以有或者没有鲜花,可以是一辆小车,也可以是一辆大车、两辆大车、三辆大车,取决于您的经济状况、您的信仰。您需要跟殡仪馆商量。
威尔弗里德	我感觉不太好。
骑 士	你要把你父亲的遗体怎么办?你要把他丢给谁?
威尔弗里德	放开我,你!
验 尸 官	您的父亲随身带了一点钱、一些身份证件,还有一只红箱子。您去二楼的警察局说明一下身份。
威尔弗里德	不好意思,我得走了。
验 尸 官	我送您。
威尔弗里德	谢谢您。我自己出去。不是因为我不喜欢您,但也的确有那么一点儿。

6. 承诺

白天。

威尔弗里德	对不起,刚才在太平间,我并不想显得那么愚蠢。

骑　　　士	还好。我并没放在心上。你正经历着艰难的时刻。
威尔弗里德	你来得可真不是时候。
骑　　　士	你可真有意思，你，是你让我来的！
威尔弗里德	可我跟你说了走开，走开！
骑　　　士	不好意思，可是对我来说，当有人叫我，那就是叫我，我可不是招之即来挥之即去的。只要我到了，就会留下。你就得接受。我可能并不那么容易相处，但是从另一方面来说，我从没错过一次你的呼叫，不是吗？
威尔弗里德	从没有，确实如此！可是有些事情不对劲儿！当我看到我父亲遗体的时候，我觉得就好像是看到了一套已经毫无用处的西服，而我却必须说：是的，那是我父亲曾经穿过的。就像当头被一块奶油蛋挞砸在了脸上：欲哭无泪。
骑　　　士	在你小的时候，我们曾并肩对抗那些藏在通往厨房的走廊上的魔鬼，那时候，每到深夜，你总会起来喝上一杯水。一个魔鬼，又胖又丑，很容易被打败，我们总是以胜利告终。今天，我是一个不知道该向谁举剑的疲惫骑士。你长大了，威尔弗里德，而那些魔鬼变得太过强大。我的剑已经不足以给你勇气。
威尔弗里德	我甚至都不知道自己是谁，你又怎么能指望我知

道是谁在伤害我？在我们小的时候，这并不难，所有孩子都害怕巫婆或是外星来的黑色魔鬼。可是现在呢？是谁在伤害我？我一无所知。我除了难受还是难受。所有人都觉得难受，可所有人都不在乎！你想让我对你说什么呢？我的母亲在我降生到这个世界上的那一刻死了，我的父亲在我意乱情迷做爱的时候死了！我一个人，混淆了白天和黑夜、黑夜和白天，杀了我的母亲，上个床又连带上了我的父亲，自从有了那一声"丁零零，喂，请来一下，您的父亲死了"，一切都已经没有意义，所以是的，你的剑已无法抵御这些，我要告诉你我的想法，告诉你我真真切切的想法，我得向你承认，我不知道是哪一种神秘力量让我依然保有充足的想象力去信赖你，可是如果你抛弃了我，那在我的内心深处就只剩下一个无底洞，我唯有向深处坠落。

骑　　士　我永远不会抛弃你。

威尔弗里德　那么我，我永远不会忘记你。

骑　　士　你怎么能够把我忘记？忘记我就等于杀死了我。
威尔弗里德，我向你许下一个骑士的誓言：
纵使我们的内心满是荒芜，
我们也将永远对彼此忠诚。

我对你的友情是如此之深,

无论你怎么样,

我都会一直做你的后盾。

你的友情于我是如此之纯,

你只需要张口,

就能让我这个可怜的梦踏上征程。

威尔弗里德,

没有什么比连接我们彼此的梦更强大。

7. 过程

威尔弗里德同时在两个办公室和一间商店里。

职　　员	先生?
代 理 人	您好,先生?
售 货 员	先生,您想要什么?
威尔弗里德	有人让我来见你们。有人让我来见你们。我需要见你们。
职　　员	是为了什么事?
代 理 人	是为了什么事?
威尔弗里德	是为了我父亲的事,为了我父亲。我的父亲。
售 货 员	是要一套西服还是一件西服上装?
代 理 人	您是需要给自己提前准备?

威尔弗里德　是的,女士,一套西服,急用。

售 货 员　是为一场婚礼?

职　　员　是关于什么?

威尔弗里德　不,先生,是为一场葬礼。

代 理 人　从明天起,他就能接受瞻仰。

威尔弗里德　一个红色的箱子和一点钱。

职　　员　我需要一个证明身份的证件。

代 理 人　或者您并不想他接受瞻仰。

威尔弗里德　给您,先生。

售 货 员　先生有多高?

代 理 人　他可以被火化或者被土葬,也是从明天起。

职　　员　我就来。

威尔弗里德　我不知道,先生!

售 货 员　我来搞定一切!

威尔弗里德　从明天起就可以,这很好。

代 理 人　您想要什么?

威尔弗里德　瞻仰他,女士。

售 货 员　抬起胳膊。

代 理 人　您希望他安葬在哪里?

威尔弗里德　就是在这一刻,法官先生,我被一种突如其来的焦虑控制住了。我不知道我要把他、我的父亲安葬在哪里,我不知道安葬一个人需要什么步骤!

>那个女人对我说……

代 理 人 您不用担心,先生,如果您愿意,我们可以料理一切,根据您的信仰和您的经济状况,给您找到一个地方。

威尔弗里德 这一切似乎不错,可是还有我的母亲,法官先生。我的母亲死在了这里,因为我就出生在这里,我的母亲是在我降生到这个世上的时候死的。我觉得把我的父亲和我的母亲埋葬在一起是天经地义的事,因为他曾经那么疯狂地爱着她,她死的时候,他变得像个疯子。其实在那个时候,我已经感觉到这件事会变得很棘手。

职　　员 这是箱子。还有您父亲身上的个人用品。

威尔弗里德 我回到住所,我给家里人打了电话。我通知了一个姨妈,她又通知了所有人,然后,法官先生,所有的人就都来了。

8. 家人

>在威尔弗里德家。

玛丽姨妈 威尔弗里德!

米歇尔姨父 我的上帝!威尔弗里德!

露茜姨妈 真是个悲剧!

玛丽姨妈　这真叫人难过!

所　有　人　难过至极!

玛丽姨妈　哎咦咦!

米歇尔姨父　玛丽!你不会是要哭吧!

露茜姨妈　你之后怎么办,威尔弗里德?!

弗朗索瓦姨父　对呀,你之后怎么办?

米歇尔姨父　确实如此,你之后怎么办?

埃米尔舅舅　他什么都不用办!你们想让他办什么!

露茜姨妈　埃米尔!拜托!你在跟你姐姐的儿子说话!请带着一点儿尊重!

埃米尔舅舅　什么?一点儿尊重?我给了他我所有的尊重,我,对我姐姐的儿子!我哪里对我姐姐的儿子缺乏尊重了?

露茜姨妈　他的父亲死了!

玛丽姨妈　哎咦咦!

米歇尔姨父　拜托,玛丽,你不会是要哭吧!

埃米尔舅舅　我知道他死了!你们想怎么样呢?这孩子去了太平间,他认领了遗体,就可以到此为止了!我们帮着他把那个人给埋了就行!我们不至于为了那个死了的人自找麻烦吧!他死了,他死了!

弗朗索瓦姨父　威尔弗里德,看着我们!我们是你的家人。精神上,物质上,你都可以依靠我们!

露茜姨妈　　　绝对可以！威尔弗里德！

玛丽姨妈　　　我的上帝！这可怜的孩子！哎咦咦！

埃米尔舅舅　　拜托，玛丽，你不会是要哭吧！

玛丽姨妈　　　啊呀呀！

露茜姨妈　　　哎咦咦！

弗朗索瓦姨父　我们能为你做些什么吗，威尔弗里德？

威尔弗里德　　能。

米歇尔姨父　　哦，是吗？

所　有　人　　是什么？

威尔弗里德　　我很希望我的父亲能安葬在我母亲身旁。

埃米尔舅舅　　是吗！

玛丽姨妈　　　埃米尔，别发火，我求你！

埃米尔舅舅　　我早就料到会这样，我早就料到了！

玛丽姨妈　　　埃米尔，我求你，别发火！

埃米尔舅舅　　这不可能，这是奇耻大辱，奇耻大辱！

露茜姨妈　　　埃米尔，别发火！

玛丽姨妈　　　别发火，埃米尔！

埃米尔舅舅　　别对我说别发火，这是在给我拱火！

露茜和玛丽姨妈　哎咦咦！

米歇尔姨父　　玛丽，你不会是要哭吧！

威尔弗里德　　请你们听着！我知道你们不喜欢我的父亲，但是如果你们想帮助我，就请接受，让我可以使他们

　　　　　　　重新相聚!

埃米尔舅舅　咱们这是在做梦吧!

玛丽姨妈　其实我们很喜欢你的父亲,你为什么说我们不喜欢他?

露茜姨妈　我们很喜欢他!

米歇尔姨父　可真出色。

威尔弗里德　问题不在这儿。

玛丽姨妈　那是在哪儿?

威尔弗里德　那并不难理解!在场的所有人都要跟自己的丈夫、妻子安葬在一起,不是吗?……你们都预订好了位置,不是吗?

弗朗索瓦姨父　是。

埃米尔舅舅　那又怎样?

威尔弗里德　那为什么我的父亲伊斯麦尔就不能跟我的母亲让娜埋葬在一起?我觉得这是感恩她的一种方式,是我的母亲把你们养大的!我不理解!每一次我去你们家,你们都会讲到我的母亲!你们跟我讲过成千上万次,在你们父母死的时候,你们还都是不谙世事的孩子,是她把你们带大的!也是她帮你们置办的婚礼,你们,玛丽姨妈和米歇尔姨父,还有你们,露茜姨妈和弗朗索瓦姨父,还有你,埃米尔舅舅,你跟我讲过多少次,没有我母亲，你可能现在还困在牢房里，在那里，在你们的国家！你跟我讲过多少次，没有我的母亲，你什么都不是！你们跟我讲过多少次，当战争爆发的时候，她是怎么帮着你们从你们国家逃出来的，她是怎么帮助你们在这里安顿下来的，她一直等到你们所有人都成家之后才结婚！多少次？我觉得今天你们回报一下她是理所应当的，让她与她爱过的男人重聚在一个地方，再也不分离！

玛丽姨妈 不要这么凶，威尔弗里德。我们很爱你的母亲……

露茜姨妈 只是……

威尔弗里德 只是什么？

玛丽姨妈 只是那个！

露茜姨妈 你的父亲……

威尔弗里德 怎么了，我的父亲……？

埃米尔舅舅 这么说吧，你的父亲是那种最无耻的浑蛋！

弗朗索瓦姨父 这是干什么呀！埃米尔……

埃米尔舅舅 只要我还活着，这个男人就永远不可能和我的姐姐安葬在一起，就是这样！我不知道我们为什么要讨论这个，因为就算我们讨论个一万年，都不会改变，这个男人不能安葬在家族陵墓里。

露茜姨妈 埃米尔！

埃米尔舅舅 这可是说好的！

弗朗索瓦姨父　对，对，是说好的。

埃米尔舅舅　那他为什么没在咽气前安排妥当？这个浑蛋，别他妈的给我们找麻烦！

露茜姨妈　埃米尔，埃米尔！

埃米尔舅舅　什么埃米尔、埃米尔的！不就应该跟他解释清楚吗？他在这儿拿他的母亲来训斥我们！他从未认识过她的母亲，他知道她什么，她的母亲？他都不认识她！你不认识她对吧？

威尔弗里德　不认识，可是……

埃米尔舅舅　那你凭什么拿你母亲疯狂爱你父亲的事来烦我们！你要她怎么爱他？他从来都不在，一直都是这里待一待，那里待一待，一直到处跑，就是不跟她在一起！

弗朗索瓦姨父　够了，埃米尔！

埃米尔舅舅　你，闭上嘴！

骑　　士　你确定你不希望我出手让他闭嘴吗？

威尔弗里德　让他继续！

埃米尔舅舅　他利用了她，他榨干了她，直到最后一刻，直到最后一刻！

露茜姨妈　埃米尔，我求求你……

埃米尔舅舅　一个浑蛋！然后他，这个蠢小子，他来了，来教咱们该怎么感恩这个女人！可是你都不认识她，所

	以闭上你的嘴！他的父亲！那位被称作他父亲的！他，甚至都没教会你说家乡话！你说起话来像个外国人，你带着外国腔跟你的家人说话！
威尔弗里德	我不知道你们竟然这么憎恨他。发生了什么？是什么让你们在他死的这天还把他称作浑蛋？
玛丽姨妈	威尔弗里德，你的舅舅埃米尔很爱你的母亲！
威尔弗里德	那跟我父亲有什么关系？！
玛丽姨妈	威尔弗里德，我们爱过你的父亲，只是他与常人不同，他犯了一些错，把我们的关系弄僵了，但这不是问题所在。
威尔弗里德	我完全不明白！
玛丽姨妈	事实是，在家族陵墓里，已经没有安葬伊斯麦尔的地方了，所有墓地都已经被预订完了。但是如果你愿意，我们可以在陵园找一小块地，在离得不太远的地方。
露茜姨妈	这是一个好主意！
埃米尔舅舅	无论如何不要打家族陵墓的主意。
威尔弗里德	明天早晨，我父亲的遗体将在殡仪馆接受瞻仰三天，殡仪馆的工作人员跟我说我可以一直等到第三天再告诉他们安葬地点。你们不用马上回复我，你们好好考虑一下，然后再跟我说。
埃米尔舅舅	你没明白这已经是充分考虑过了的吗！

玛丽姨妈　　埃米尔，拜托！我们会考虑的！孩子有很多事情要想。明天是他在殡仪馆的第一天！咱们今晚来到他家，来到他这个小房子里，不是为了给他添堵的!

露茜姨妈　　你对那个遗体告别厅还算满意吗？

威尔弗里德　就是一个厅，你们可以去看看！挺普通的。

米歇尔姨父　作为一个告别厅来说，其实很好！

埃米尔舅舅　而我，我觉得是时候让他知道自己的父亲是谁了。

弗朗索瓦姨父　采光好，还很私密。

埃米尔舅舅　让他一次了解个透彻。

露茜姨妈　　遗体不在这儿吗？

威尔弗里德　他们正在给他装殓。

埃米尔舅舅　你们这是在哪儿呢？

玛丽姨妈　　什么意思，"我们在哪儿"？

埃米尔舅舅　就是这个意思！你们在哪儿呢？

露茜姨妈　　我们在殡仪馆！你想我们在哪儿啊？

埃米尔舅舅　咱们是从什么时候开始在殡仪馆的？

露茜姨妈　　有一会儿了，真是……

埃米尔舅舅　听着！你们可能是在殡仪馆，可是我，我不在。

弗朗索瓦姨父　那你，你在哪儿？

埃米尔舅舅　我在威尔弗里德的房间里。

米歇尔姨父　可你在那里做什么呢？

埃米尔舅舅　我不懂！我刚才正安安静静地在厨房里说话，你们突然跟我说我在殡仪馆里！我明明在威尔弗里德家里。你们在我讲完话之前必须跟我待在一起！

弗朗索瓦姨父　别再胡闹了，就像所有人一样，接受咱们现在在殡仪馆！

埃米尔舅舅　绝不可能。我们在家里！

玛丽姨妈　行了，别闹了，你看得出来，大家都同意咱们已经在殡仪馆里！所以够了！

埃米尔舅舅　可是我还没说完话呢，我！

玛丽姨妈　那么好，就请你在馆里面说行了吧！

威尔弗里德　那么，我们在哪里？是在家里，还是在殡仪馆？

玛丽姨妈　就说在殡仪馆吧，这样咱们才能往前推进！

埃米尔舅舅　可是你们在阻止我说话！

露茜姨妈　并没有！

埃米尔舅舅　好吧，那就这样吧。咱们在殡仪馆！

所　有　人　哈！

米歇尔姨父　时间正好！

9. 殡仪馆

殡仪馆里，父亲的遗体摆在那里。

玛丽姨妈　我的孩子，我可怜的孩子。你将来怎么办？

露茜姨妈　哎咦咦！

埃米尔舅舅 是不是可以火化了他?

米歇尔姨父 这也是个解决方案。

埃米尔舅舅 这能解决所有麻烦。

弗朗索瓦姨父 再看看吧。

露茜姨妈 哎咦咦!

埃米尔舅舅 看什么看,就这么定了。火化,难度低,占地小,花钱还少。

弗朗索瓦姨父 如果是钱的问题,咱们在这儿就是为了帮衬孩子。

玛丽姨妈 嗯!

露茜姨妈 哈!

埃米尔舅舅 我无论如何不会给一分钱!

米歇尔姨父 所以说你真小气。

玛丽姨妈 哎呀!

埃米尔舅舅 我才不在乎别人怎么说!

露茜姨妈 哎咦咦!

埃米尔舅舅 我不会掏一分钱来安葬这个浑蛋。

弗朗索瓦姨父 闭上你的嘴!

埃米尔舅舅 这算什么意思,闭上你的嘴! 从什么时候开始的,闭上你的嘴! 你别他妈找我麻烦,你,跟你那些闭上你的嘴!

玛丽姨妈 你们俩就不能消停一下?

弗朗索瓦姨父　行了，放开我！

埃米尔舅舅　你让我忍无可忍了，你！

　　　　　　　打了起来！

露茜姨妈　弗朗索瓦，你们松开，真是的，你们松开！

威尔弗里德　你们快松开，住手，请你们安静下来，快！

玛丽姨妈　幸亏没有人在这儿看到你们这个样子！真是丢脸，丢脸！

威尔弗里德　你们必须告诉我到底发生了什么！你们为什么不喜欢我的父亲？

埃米尔舅舅　因为是他，害死了你的母亲！

玛丽姨妈　别听他的，威尔弗里德，这不是真的，这不是真的！

埃米尔舅舅　你的父亲是杀害你母亲的凶手！她那时是那么虚弱，根本无法要孩子，她自己也知道，她体质不行，健康状况也差！她怀上的时候，本该把孩子打掉，可是他强迫她留下孩子，他只考虑到自己的骄傲，他利用你母亲对他的爱去操纵她，让她相信一切都会顺利，他说服她留下孩子，可在你出生刚几小时后，她就死了。你觉得他后悔过吗？你觉得他请求过原谅吗？你觉得他负责任了吗？他抛弃了一切，他走了，去邀游世界了，在你的姨妈姨父、舅舅倾尽全力培养你的这些年，他只会偶尔给你寄上一张明信片。你现在明白了吗？从什么时候起，人们会把凶手和受害者安葬在一起？

沉默。

父　　　亲　嘿！威尔弗里德……威尔弗里德……嘿！

威尔弗里德　爸爸！

父　　　亲　嘘！

威尔弗里德　天哪！我不是在做梦吧！

父　　　亲　咱们等他们转过身，就跑着离开这里！

威尔弗里德　可是你死了！

父　　　亲　你总是会往最坏的地方想！

威尔弗里德　你没有死吗？

父　　　亲　这会改变什么吗，威尔弗里德？什么也不会……除了……

骑　　　士　他们转过身了！

父　　　亲　快跑！之后再解释！

威尔弗里德　爸爸！爸爸！等等我！等等我！

父　　　亲　跑！

骑　　　士　跑啊，威尔弗里德，快，飞，顺着这条一直通往幽深洞口的不寻常的路，然后跳！跳进那个幽深的洞里！不要管其他的路，因为那些路都通往地上，只有深洞通往梦想。跳，威尔弗里德，跳！

昨 天

10. 显现

法官处。

威尔弗里德 在这种情况下最要命的是,法官先生,我想说的是,当一夜之间你在这个世界上再没有任何亲人的时候,你如何在第二天找到足够的勇气继续去做你头一天还在做的事情。我不知道您能否理解我,但是我开始有点生我父亲的气,是他让我陷入了这样的境况。这让人不得安宁,我向您发誓,尽管我在床上翻来覆去,也没能睡过一小觉。哪怕我自慰,法官先生,也感受不到任何慰藉和愉悦。这是真正的绝望。但当我们别无选择的时候,那就只有一个出路。梦会在暗夜升起!吉霍莫兰骑士是城堡时代的囚徒。他抗争着,可是如何与墙抗争!我是一位著名演员,我正在出演一部电影,讲的是一个年轻人不知道在哪里安葬自己的父亲!吉霍莫兰骑士是个囚徒,他不知道怎么挣脱出来!他的国王正在死去……

在威尔弗里德家。

父亲的声音 威尔弗里德,我冷。我的血凝固了,我的呼吸停滞了。威尔弗里德。光不再与我有关系。今天早晨，我很惊讶地看到它离我是那么远，再也不会照亮我，它将永远那么远远地，远离我亮着。威尔弗里德！

父亲进来。

父　　亲　威尔弗里德！

威尔弗里德　爸爸！我梦到你死了。

父　　亲　可是你看看，我好得很！

威尔弗里德　你是来看我的？

父　　亲　我们很久没见面了。

威尔弗里德　你没有死吗？

父　　亲　我没有死。

威尔弗里德　我见到你真的太高兴了！

父　　亲　这个夜晚让我想起了墨西哥！我们喝一杯吧？

威尔弗里德醒来。

威尔弗里德　我有幻觉，我有幻觉，我有幻觉，我有幻觉，我有幻觉……为了能让自己抓住个什么东西，我拿起了这个箱子，我打开了它！

父亲进来。

父　　亲　威尔弗里德。

威尔弗里德　爸爸？

爸　　爸　我不想吓着你，让你觉得害怕！

威尔弗里德 我这回真的是在做梦!这不可能!我这不是在做梦!我已经醒了!

父　　亲 不,你没有做梦。

威尔弗里德 那么你在这儿干什么?我想说的是,你死了,你不是死了吗?你是死了吗?

父　　亲 你总把一切弄得很复杂!

威尔弗里德 我在做梦!我在做梦!

父　　亲 你为什么生气?

威尔弗里德 你死了,就因为这个,我生气!

父　　亲 我是死了,我是死了,又怎么样呢!

威尔弗里德 这就不正常!死人是死人,活人是活人!可是你,死了,却和我这个活着的人在一起,这就不正常。

父　　亲 这会改变什么吗?

威尔弗里德 改变不了什么,除了能让我觉得自己产生了幻觉。我已经不知道究竟发生了什么,我甚至不知道我是不是在做梦,是不是在睡觉,是不是还活着。我甚至不知道究竟是谁死了!咱们两个人,到底是谁死了?谁?

父　　亲 如果是你死了,你会知道的!相信我,我有经验。

威尔弗里德 也许吧!可是我不懂你为什么来。你让我害怕!为了能让你和妈妈安葬在一起,我已经尽了全

		力，可是这并不容易！
父	亲	我不是因为这个来看你的。我看到你打开了我的红箱子。我想陪着你，帮你弄明白那里面的东西。
威尔弗里德		没有寄出的信！威尔弗里德，威尔弗里德，威尔弗里德……给我的信？！
父	亲	它们会跟你讲述你的父亲，跟你讲述你的母亲。

威尔弗里德打开一个信封。

11. 海滩

中年父亲。

中年父亲	我的小威尔弗里德。我不知道该给谁写信。我也不再知道我是谁。我写给你是因为我无人可写。今天是你两岁的生日，我可以想象未来你的每一个生辰会多么让人悲伤，因为这一天会让你想到你母亲的死。你两岁了……
父　　亲	……我没有跟你在一起，我没有能力留在那里——一个我不熟悉的国家。我写给谁呢？我为什么写呢？谁会读我写的信呢？谁会抚慰我呢？怎么还能活下去，威尔弗里德？我亲爱的威尔弗里德，我真的很希望咱们三个人能在一起，可是

我不想悲伤……

中年父亲 ……今天你两岁了，我希望你能拥有关于你母亲的美好回忆，那么，为了庆祝你两岁生日，我把我此生最幸福的回忆送给你，因为除此之外，我没有更好的东西可以赠送给你。那是一个下着雨的海滩。

海滩。青年父亲和母亲，后面跟着举着雨伞的玛丽和弗朗索瓦。

威尔弗里德 那是你们吗？

父　　亲 是我们。

威尔弗里德 你们那时可真美好！

玛　　丽 让娜，回去吧！天变阴了！

让　　娜 天阴了。

弗朗索瓦 暴风雨要来了。

父　　亲 我希望暴风雨能来。

玛　　丽 如果你们想生病，那就算你们活该！我们可要回去！

玛丽和弗朗索瓦离开。

让　　娜 伊斯麦尔，我觉得自己是一个新生儿。我想说的是，在越来越强烈地感受到你的存在的同时，我也越来越强烈地感受到我的存在。

青年父亲 对你如此，对我也是如此。因为我和你、你和我，就像你脸上的雨水映衬着我脸上的雨水。

亲吻。

威尔弗里德 我是怎么出生在这里的?

父　　亲 你会知道的。打开读一读,你就能知道。

威尔弗里德 我不知道自己是不是想知道。

父　　亲 谁会想知道呢?两个人相爱了,女的死了,男的疯了。不会有人对这些感兴趣。

威尔弗里德 让你去讲一个以主人公死去为结尾的故事不是一件容易的事。

12. 轰炸

威尔弗里德打开一个信封。一颗炸弹爆炸。

威尔弗里德 战争期间,我们住在一栋八层楼房的第六层。

父　　亲 七楼住着玛丽姨妈,三楼住着你埃米尔舅舅,其他的楼层都是邻居,那会儿大家必须经常到地下室里避难,慢慢地就都认识了。

让　　娜 你好,露茜,我是让娜/你家那边,今天没有被轰炸吧?/我去看过医生/我应该不能要这个孩子。

轰炸声。

让　　娜 不,这就是平常的那种轰炸。

轰炸声。

让　　　娜　我不能要这个孩子，因为我身子太弱了/因为我身子太弱了。

　　　　　　轰炸声。

让　　　娜　我们得去躲避一下！/我之后打给你。

　　　　　　轰炸声。

　　　　　　威尔弗里德打开了另一个信封。

中 年 父 亲　我亲爱的威尔弗里德，我坐在一家咖啡厅里给你写信。今天是你十岁的生日。你的母亲离世已经十年。昨天我乘船到达了这个由沙漠和阳光组成的国家。我认识了一个人，他会给我一份粉刷楼房的工作。我想起了你的母亲。我想起了战时那些美好的日子。你的母亲还活着。有炸弹坠落，我们和邻居在避难所的最深处玩着卡牌。你那时还在她的肚子里。我看着她，想着你，你让我在那段可怕的光阴里觉得温暖。我再也听不见轰炸声，我的世界只有她的笑声，还有蜷缩在她肚子里的你。无论发生什么，生命是无论发生什么都会发生的生命！①

威尔弗里德　你这么多年来给我写了这么多信，却从没给我寄过一封？

---

① 保留原文中的重复。下文亦多次出现字词重复，遵原文译出。

父　　　亲　　没有。

威尔弗里德　　为什么？……那你为什么要写它们呢？

父　　　亲　　我不知道。每一次我都对自己说，这一封我要寄给他，然后那封信就那么一直搁在我口袋的最深处。

威尔弗里德　　你知道，一直以来我都不知道你在哪儿吗？你为什么什么都不跟我说？

父　　　亲　　跟你说什么呢？

威尔弗里德　　你为什么不来接我，让我能跟着你？

父　　　亲　　威尔弗里德……

威尔弗里德　　我会多么以你为骄傲。我会拼命地维护你。我会对那些向我打听你消息的人说，我的父亲是一个从世间浩瀚的大海上归来的诗人，一个从世界各地给我写信，告诉我他有多爱我母亲的旅行者。

父　　　亲　　这些信都带着无尽的悲伤，威尔弗里德，为什么要寄给你呢？

威尔弗里德　　为了能让我知道我对你而言是什么。我对你而言是谁？一个儿子？一个陌生人？一个被你交到姨妈们手里，整个童年都在听她们用编造的各种瞎话来讲述你的陌生的儿子？

父　　　亲　　威尔弗里德！

威尔弗里德　　我对你而言是谁呢？

父　　　亲	我没法向你讲出比这些信能讲述的更多的东西。
威尔弗里德	于是我一封封地打开信,为了找到答案,为了弄明白!我整个生命都从这些信件里走了出来,我的记忆、我的想象,都不受我的控制,弥漫开来。我突然感受到一种深沉的情感,我不再是我,有另外一个威尔弗里德,那个威尔弗里德我几乎可以看到他、触摸到他。不然,所有这些我父亲曾经写给我的信,它们是怎么回事?这表明我根本就没有真正地存在过,因为这些信并没有寄给我,而是给了我以外的另一个人,一个很像我的人,跟我一样大,也叫威尔弗里德的人,因为极大的偶然性,住在了我的皮囊里?我彻夜读着这些信。很多信讲的是大地、国家、童年,总会讲到海,经常讲到海,还有我的母亲。有时会写到死亡,但常常是爱……无尽的爱。

威尔弗里德打开一个信封。

13. 爱

让　　　娜	伊斯麦尔。
中 年 父 亲	让娜。
让　　　娜	死亡不算什么,因为它能给你一个儿子。

中年父亲　可你就不在了。

父　　亲　你就不在了。

让　　娜　别放弃你的儿子,伊斯麦尔。

父　　亲　我给他写信了!

让　　娜　那些信你并没有寄给他。

中年父亲　我不能见他:见到他就是见到你。

青年父亲　让娜!

让　　娜　伊斯麦尔!

父　　亲　我在,让娜。

中年父亲　我在,让娜。

让　　娜　是你在海滩上奔跑!看,你向我奔跑而来。

青年父亲　让娜,我从海风中央来见你,我请求你能嫁给我。我爱你,什么都别说!我很疯狂,因为我在这儿,跟你在一起,面朝大海,为了向你倾诉我的爱,为了让你看见我的心,为了向你倾诉我的心,为了让你看见我的爱。不用回答,什么都别说。

让　　娜　看,伊斯麦尔,那是属于我们两个人的岁月,那段我们什么都想去做的岁月,我们是那么快乐,幸福蜿蜒地环绕着我们!如果那时你能预测未来,如果你能预见之后到来的战争、痛苦、死亡,你还会像你曾经爱我那样地爱我吗?

父　　亲　　忘记那些,让娜。回到我的怀抱,留在那里,忘记未来。

14. 孤独

威尔弗里德　　当人们发现你死了的时候,你坐在长椅上,你当时是在干什么?

父　　亲　　我在等天亮。

威尔弗里德　　你为什么不给我打电话?你为什么不来摁门铃?

父　　亲　　你不在家。于是我等着你,直到刚入夜的时候,我看见你带着一个女孩回来了。我不想打扰你。我知道那意味着什么。

威尔弗里德　　你知道什么呢?

父　　亲　　我知道那么晚带一个女孩回家意味着什么。我虽然死了,可我并不傻。

威尔弗里德　　那你知道当你死去的时候,我在做什么吗……

父　　亲　　人死的时候,就什么都不知道了,威尔弗里德。你见过一只被海啸卷走的狗吗?人死了,就成了那只狗,瞪着狗的眼睛,形单影只,在巨浪的中心被裹挟着带进深处。深处,非常可怕,当看不到地平线,人们会拉屎和撒尿,作为生命里的最后一套动作,除了拉屎和撒尿,没有其他的能做，就为了在离开前留下一点痕迹。

威尔弗里德　在太平间，他们说你死于血栓。

父　　亲　你大概不信，我现在根本就不在乎这些。

威尔弗里德打开一个信封。

15. 母亲和儿子

让　　娜　威尔弗里德……我在寻找你父亲的坟墓。

威尔弗里德　妈妈！

让　　娜　我找不到墓。可我确定就是在这里。海上的空气好。能够安葬在自己的故乡，你父亲会很高兴。

威尔弗里德　恰恰不是！他不高兴，他还在活人的世界里，而我不知道该怎么办！该怎么安葬自己的父亲？

让　　娜　威尔弗里德，你的父亲是牧群的守护者。

威尔弗里德　什么？！

让　　娜　你的父亲是牧群的守护者。

威尔弗里德醒了。

威尔弗里德　我枕在我的信上睡着了。我拿着的那封信是一张我父亲和母亲的合影，在那里的大海边。当我醒来的时候，这句话在我脑子里回响："你的父亲是牧群的守护者。"我打开了所有的信件。天色已亮。我变成了一个孤儿，除了那些被永远尘封的往事，没有什么要去弄懂的。我回到了殡仪馆。一个人也没有。我穿上了人们找到他时他穿的那件衣服。在最里面的口袋里，我找到了一封给我的信。最后一封。

威尔弗里德打开信封。

16. 生产的痛苦

父　　　亲　　威尔弗里德，你多大了？我记不起来了……我的记忆是一座森林，唯有你的母亲在林间漫步。她在我的脑海中行走着，不停不歇，记忆重现。我脑海中布满了落叶，它们在你离世母亲的脚下沙沙作响。我只是一个旅行者，往返于那些被我所遗忘的和那些依然在我脑中回荡的记忆。死亡怎么能赋予生命呢？我的记忆是一座森林，有人在林间伐木。我忘了。

让娜叫喊。

三 个 父 亲　　让娜！

让　　　娜　　我感觉到了我肚子里的他，我感觉到了他。

青 年 父 亲　　救她！

医　　　生　　那我们就必须牺牲孩子。

青 年 父 亲　　那就牺牲孩子。

让　　　娜　不！留住孩子，留住孩子！

青 年 父 亲　快呀，医生！

让　　　娜　伊斯麦尔，你向我承诺过。

青 年 父 亲　忘记孩子！

让　　　娜　不！伊斯麦尔，你向我承诺过，你向我承诺过……

青 年 父 亲　让娜！

让　　　娜　选他，绝不可以是我……

青 年 父 亲　是的，我承诺过，我承诺过，可我做不到！

让　　　娜　于你，于我，他都是我们两个，是我们两个的结合体，没有他，生命就不存在了，就什么都没有了，你向我承诺过，伊斯麦尔，你向我承诺过……

青 年 父 亲　让娜！

医　　　生　您快点决定，不然两个都保不住！

青 年 父 亲　我不知道。

让　　　娜　伊斯麦尔，想着我……想着我，别想你自己！忘掉你的痛苦，忘掉你的悲伤！要坚强，伊斯麦尔，要坚强！

医　　　生　现在就得决定了！

青 年 父 亲　孩子，孩子！

威尔弗里德诞生。

让　　　娜　生命，在我之外的生命！

青 年 父 亲　让娜。

让娜　　生命在此！生命是如此美好。

　　　　让娜死去。

父亲　　我真的做对了吗，威尔弗里德？这个问题一直追赶着我。这是一个有着超级速度的问题，快到任何列车、飞机都无法赶超它；在世界的尽头，在最幽暗的城市里最幽暗的街头，它总是能找到我。我已经不知道这一切是否真正存在过，可是你在这里提醒着我，我的生命并不是一场梦，在很久以前，我的一个行为给我的生命沾上了污点，就像葡萄酒沾染了白色的桌布。我做对了吗？你母亲的家人说我是凶手。或许他们说得有道理。无论怎样，威尔弗里德，我在我的故乡曾经很幸福。在我的故乡，我深爱过你的母亲，因为你，因为你的母亲，我的生命没有被全部蹉跎。

17. 诉求

威尔弗里德和法官。

威尔弗里德　　我的诉求很简单，法官先生。我申请得到批准，可以把我父亲的遗体带回他的国家。的确，我的父亲不是国家领导人，也不是什么重要人物，可对我而言，这是一种让逝者与生者和解的方式。生者有这个需求，这一点对于逝者也很重要。您知道，死亡无年纪，那么就应该帮助逝者找到安息之地。我的父亲没有在这里生活过，他的爱在那里，他的幸福在那里。一切都准备好了。我将前往我父亲的故乡，去往那个见证过他出生、栖息在山顶的村庄，我会找到一个可以让他灵魂安息的地方。我今晚就可以出发，现在只缺您的批准。好了，我已经跟您讲述完一切。

电影团队进入。

导　　演　威尔弗里德，你不知道，你差一点儿就要离开道路，迫不及待地跳进深洞。

威尔弗里德　你来吗，爸爸？

父　　亲　我们去哪儿？

威尔弗里德　我带你回家。

威尔弗里德离开法官。

那　里

18. 深夜阅读的盲人

深夜。远处传来一个女人唱歌的声音。

瓦　　赞　　"唱吧，女神，阿喀琉斯的愤怒，那个珀琉伊德，他该死的愤怒引发了亚该亚人无尽的痛苦，在哈得斯的领地，在冥国，让众多英雄骁勇的灵魂陷入不幸，让他们成为狗和各种飞禽的猎物……唱吧，女神，老普里阿摩斯的不幸，他跪倒在阿喀琉斯的脚下，那个珀琉伊德，请求他归还自己的儿子赫克托耳的遗骸！"

一个声音呼喊着：" 在路的交叉口，也许会有别人！"

瓦　　赞　　而我是一个在深夜阅读的盲人！"请记着你的父亲，与神相像的阿喀琉斯，请听我的哀怨。我曾经有一个儿子，他保护着我们，我们和我们的城市，昨日，你将他杀害。他是赫克托耳。我今天是为他来到亚该亚人的殿堂，为了要回他的遗骸。请尊重众神，阿喀琉斯，尊重我，带着怜悯之心，请记着你的父亲。"咦，有人来了！我听到了行路人的脚步声……奇怪的行路人，他的步伐疲倦、轻盈，他刚刚走过村里那股喷泉，我听到他在爬山。他差点摔倒！他不太高兴！那不是西蒙娜的脚步声！是一个到访者……或是一个迷路的旅行者……他正在靠近。

威尔弗里德到达，后面跟着他的父亲。

父　　亲　音乐似乎是从这儿传来的。

威尔弗里德　我知道声音大概是从这儿传出的，可是现在什么动静也没有！我不知道咱们是在哪里，天很黑，黑得就像是被关在了一头熊的屁股里，我累了。你知道你该做什么吗，爸爸？

父　　亲　什么？

威尔弗里德　做死人。

父　　亲　你如果换作我，就能理解做死人是什么滋味了。

威尔弗里德　不该是我去理解，应该是你。你死了，你，你可以什么都不在乎，可是我，我脚疼，腿疼，头也疼！

瓦　　赞　你是谁？

威尔弗里德　啊！上帝！我刚才没看到您！

瓦　　赞　可看不见的人其实是我。

威尔弗里德　那我一样还是看不到您。天太黑了。

瓦　　赞　你是谁？

威尔弗里德　我叫威尔弗里德。

瓦　　赞　你从哪个村庄来的？

威尔弗里德 我不是从哪个村庄来的,而是来自很远的地方。我漂洋过海而来。

瓦　　赞 是什么把你带到这里来的?

威尔弗里德 那可能会让您觉得很晦暗。

瓦　　赞 晦暗,这很好,是我熟悉的感觉。晦暗,它也认识我。你想要什么,威尔弗里德?原谅我的好奇,可是在这里,我们从未见过异乡人。

威尔弗里德 我是异乡人,可是我的父亲来自这个村庄。他叫伊斯麦尔。

瓦　　赞 讲一讲。

威尔弗里德 从哪里开始……

瓦　　赞 这是所有问题的根本。

威尔弗里德 您叫什么名字?

瓦　　赞 我是瓦赞。

威尔弗里德 您记不记得伊斯麦尔?

瓦　　赞 伊斯麦尔?……不记得。

威尔弗里德 那记得让娜吗?他们俩结的婚。

父　　亲 给他看看照片!

威尔弗里德 他是盲人,爸爸!

瓦　　赞 是村里的姑娘?

威尔弗里德 她来自海边,但他们在这里住了一段时间。

瓦　　赞 也许。

威尔弗里德 她很漂亮。

瓦　　赞 太宽泛了。我只有在触摸到的时候才能算看到。

威尔弗里德 在这个国家被侵略的那一天,他们逃亡了。

瓦　　赞 那时很多人都在逃亡。

威尔弗里德 是的,可他们逃到了很远的地方,离这个国家极其远,特别远,在那些遥远国度的附近!……他们以前经常到海边散步。

瓦　　赞 一个男人和一个女人……很久以前……

父　　亲 他记起来了!

瓦　　赞 他们总是穿着周日的衣服,在每一个周六离开。

威尔弗里德 您记起来了!

瓦　　赞 伊斯麦尔和让娜!你,你是他们的儿子,她肚子里的那个孩子。

威尔弗里德 您在颤抖!

瓦　　赞 一颗遥远的星星向我们靠近了几厘米,为了告诉我们,我们的生命将要改变!你来这里是为了做什么呢,伊斯麦尔的儿子?

威尔弗里德 我的父亲三天前死了。我来是为了把他安葬在故乡,让他能与生命和解。

瓦　　赞 你这可是要让自己承受沉重的代价!我甚至担忧它对你来说会变得过重。五天前,萨义德,一个年轻的男人,死了。为了埋葬他的尸身,人们不得不打开一个死人的棺材，让死人跟死人埋葬在一起。

威尔弗里德　为什么？

瓦　　赞　没有位置了。

那个声音呼喊着："在路的交叉口，也许会有别人！"

威尔弗里德　这是怎么回事？！

瓦　　赞　西蒙娜已经这样呼喊了五天！她还声嘶力竭地唱，这让所有村民都很生气。你到达了一个奇怪的国家，威尔弗里德，在这里，人们是苦涩的，他们什么也不想听到，不想听音乐，不想听歌唱，什么都不想，老人们都老了，他们想要安静，可是西蒙娜倾尽全力呼喊，在深夜，因为西蒙娜不在乎，西蒙娜瘦骨嶙峋，西蒙娜丑陋不堪，西蒙娜孤身一人，西蒙娜愤怒地唱着，她唱到要把头骨震碎。

我们能听到远处的呼喊："在路的交叉口，也许会有别人！"

瓦　　赞　她在呼喊！村民们很生气！另外，他们就要来了。你会看到，他们很古怪。但是不要怪他们，他们在战争期间经受了很多苦难。

19. 村民们

那个声音呼喊着:"有人愿意听我说我在此吗?"

一群村民走过来。

法 瑞 德　瓦赞! 没人能睡着觉了。

瓦　　赞　萨义德死了! 谁还睡得着!

约 瑟 夫　萨义德是我的儿子! 我想让我的儿子安息!

瓦　　赞　萨义德爱过西蒙娜,西蒙娜爱过萨义德。萨义德为什么会死? 你们仍然不愿意听。

远处那个声音在唱歌。

瓦　　赞　听听她的声音,你们就会理解西蒙娜。

安　　卡　一个疯子!

瓦　　赞　愤怒的疯子,是的!

约 瑟 夫　瓦赞,逝者需要安宁才能从墓冢里解脱。

瓦　　赞　说得对。

约 瑟 夫　如果她这么唱着,阿马拉就会拒绝打开他儿子的棺材,那我该怎么办呢?

瓦　　赞　是那些老习俗在束缚着我们。可是你说得在理,这是我们的习俗,那我们就该尊重! 那么就让老人们遵从老习俗,让西蒙娜遵从她的年轻气盛。

伊 萨 姆　她什么都不遵从。她尝试去慰藉那些我们不该慰藉的。

瓦　　　赞　那谁会去慰藉失去了萨义德的西蒙娜呢?

法　瑞　德　她回来了!

西蒙娜走过来。

20. 西蒙娜

西　蒙　娜　昨夜,下雨了。

西蒙娜唱歌。

伊　萨　姆　别唱了!

西　蒙　娜　我不知道您是谁,但我不是您。我不是为您唱的,永远不会为您! 您又老又丑! 我不是您!

伊　萨　姆　你在希望什么呢? 让死的人活过来? 结束了! 一切都结束了!

西　蒙　娜　可就在不久前,您向我保证过,战争是一件可恶的事,应该消失,应该结束,这样自由才能诞生。如今,战争结束了。您依然对我说别唱歌,别说话,别梦想。您对我说闭嘴,西蒙娜,闭嘴!

所有人除了瓦赞　闭嘴!

西　蒙　娜　我还要这么继续骂你们,直到你们安静。安静! 聆听我的声音! 那活着的人追忆逝者的声音。

西蒙娜唱歌。

海　边

法 瑞 德　萨义德死了,可你在唱歌?

西 蒙 娜　我唱歌,是的!我呼喊!是谁曾对萨义德说,"萨义德,你不能爱像西蒙娜那样的女孩"?是谁说的?是谁曾对他说,"萨义德,你爱过了头"?他不知道"爱过了头"是什么意思,他不知道"远离我"是什么意思!"正是因为我爱过了头,我才能奔跑着穿越布满地雷的田野",他像疯子一样出发。"萨义德!"我叫喊着,而他在奔跑!我想闭上眼睛,可我还是让它们一直睁着,为了能和他在一起,直到尽头,直到尽头!在到达田野中央的时候,他炸开了,火、烈焰还有血,就像一口痰,吐到了他生命残酷的脸上。

西蒙娜唱歌。

法 瑞 德　别唱了!

西 蒙 娜　放开我!放开我!!

伊萨姆扇西蒙娜巴掌。

瓦　　赞　够了!请你们回家!

21. 相遇

西 蒙 娜　瓦赞,真的是一个人也没有!只有树!

瓦　　赞　在山脚下的那些村庄里,你会找到跟你一样的疯子。

西　蒙　娜　不！这几个月来，我发出了无数口信，做了一个实实在在的信息网。

我往河里扔了无数个瓶子，那流往山下村庄的黑色的河。可什么音信都没有。从未有任何人回复。

瓦　　　赞　你在寻找奇迹，西蒙娜。

西　蒙　娜　我们都需要一个奇迹。你们，这些老人，你们有过属于你们的奇迹，因为你们经历过战前的国家，而我是在炮火中出生的，可我坚信生活可以是炮火之外的其他东西。

瓦　　　赞　你今天也发出口信了吗？

西　蒙　娜　已经向河里扔了三个瓶子，喊出了四个口信。

瓦　　　赞　回到悬崖处，西蒙娜，喊出"威尔弗里德来了，伊斯麦尔死了"，喊出"伊斯麦尔有权拥有一个安息之地"。西蒙娜，你等待的那个回复来了，只是你听不到它，你看不到它，因为它是从你完全没有料到的地方而来。西蒙娜，这是威尔弗里德，威尔弗里德，这是西蒙娜。我觉得你们有着同样的疯狂。

西　蒙　娜　来吧，我们一起去叫醒所有人。

瓦　　　赞　你们大声呼喊，让所有人都能听到。呼喊：奇迹到来了。我会等你们回来向我讲述你们经历的一切。

威尔弗里德背着父亲的遗体跟着西蒙娜走了。

22. 秘密活动

威尔弗里德和西蒙娜搬运着父亲。

父　　　亲　　威尔弗里德，我不想劳烦你，但我没有其他能取暖的地方可去。在我真正承认死亡这件事之前，就让我占据你生命中的全部位置。现在的我，能表达出的只有震惊：我死了，我还无法接受。

他们放下遗体。

西　蒙　娜　　跟我一起喊："威尔弗里德在这里！""伊斯麦尔死了。""我在这儿。""我在这儿。""我在这儿。""奇迹到来了。"

他们呼喊。

威尔弗里德　　看！那边！

西　蒙　娜　　是山脚的村庄。

威尔弗里德　　一束光。

西　蒙　娜　　它已经亮了几天了。

威尔弗里德　　它熄灭了。

西　蒙　娜　　它总是会熄灭。

威尔弗里德 明天，你应该去看看。

西　蒙　娜 明天，需要去料理你爸爸的遗体。如果那束光是为我而亮，那它还会在之后的夜晚继续发光。

威尔弗里德 我们把遗体放在这儿？

西　蒙　娜 我们要把他运到墓地。等安葬完萨义德，我们就去跟他们说。我会向他们介绍你。

23. 墓地

村民们聚集在威尔弗里德和西蒙娜周围。

伊　萨　姆 你想把他埋葬在这里是什么意思？

安　　　卡 看啊！墓地都满了。一个多余的位置也没有！

西　蒙　娜 行了！我无法相信，在田野的尽头，在废弃的土地中央，就没有一个地方，就找不到一个位置！

伊　萨　姆 它们是留给村里人的，而不是异乡人！

西　蒙　娜 他不是异乡人！他出生在这里。你们曾经认识他！

伊　萨　姆 他逃离了家乡。他就该把自己埋在逃去的地方。

西　蒙　娜 你们无权不善待逝者！

约　瑟　夫 你们去找阿克木。他是富人，他，他有一大片地。如果你有钱，他绝不会拒绝你！

村民们离开。

威尔弗里德 阿克木是谁？

西　蒙　娜	以前民兵队的头儿。我不喜欢这个男人。可是你没有选择。他在这里有权有势。他可以强迫他们接受。
威尔弗里德	我能在哪里找到他？
西　蒙　娜	我会陪你去。天一亮，咱们就去。他会在那儿。

威尔弗里德与西蒙娜上路。

西　蒙　娜　　我们到了。看，他们在吃饭。

24. 用餐

一群富人围坐在桌前。他们在吃饭。

扎　米　尔　　先生，我们有访客。

阿　克　木　　我们的歌唱家！这么一大早！还有位先生，这位是谁？

西　蒙　娜　　威尔弗里德。一个朋友。

阿　克　木　　一个朋友！扎米尔，拿两把椅子给年轻人！

扎　米　尔　　好的，先生。

阿　克　木　　我刚才说到哪儿了？

阿克木太太　　龟头。

哈　桑　尼　　龟头，对，龟头。

阿　克　木　　啊对，进去了，龟头进去了！其他的跟上，我的蛋蛋也不甘示弱地打起了她的屁股（所有人大笑）。

> 光阴流逝，我在里面自由地进进出出了差不多两个小时，可是我才不在乎，我那时候有钱，当然，我现在也有，我对她说："快，趴下，趴下，小丫头，我有钱，我才不管！"为了能继续进进出出，我扶着她的胯，找到了一个完美姿势。我感觉到我在膨胀，然后又来了那么几下，就释放出了我富人的养料……

哈 桑 尼　棒！爽！

阿 克 木　扎米尔，再来一瓶。年轻人，在你们那边是怎么搞？反的？正的？从前面，还是从后面？

西 蒙 娜　我们明天再来，先生，等您过完节后。

阿 克 木　那可不行！你得留在这儿，你得给我们唱个小曲。

西 蒙 娜　我不是来唱歌的！

阿 克 木　坐下！跟我说说，是什么让我们三生有幸得到你们的拜访。

西 蒙 娜　威尔弗里德的父亲死了。他叫伊斯麦尔，您也许曾认识他，他很久以前在村子里生活过。有人告诉我们，您可以帮助我们！

阿 克 木　谁说的？

西 蒙 娜　村民们。

阿 克 木　他们总是胡说八道，这些人！

阿克木太太　确实如此,有一天……

阿　克　木　闭嘴,亲爱的,闭嘴……但是我想先看一下我要在自己花园里埋的东西是什么!我想看看尸身。

威尔弗里德　还是算了,我们还是自己解决吧!

阿　克　木　整个村子,人们为了能有一个可以埋葬自己的地方,都在互相残杀,你还想自己解决!今天早晨,他们把一个孩子和另一个孩子埋在了一起!多么可怕!我不过是让你给我看一下尸身,仅此而已!我又不要你一个子儿。(其他人哄笑)他在哪儿?

威尔弗里德　外面!

阿　克　木　有一具尸体摆在我家门口?这可太棒了!去找来,扎米尔……去帮他们。

　　　　　尸体被带到阿克木面前。

所有人(除了威尔弗里德、西蒙娜和扎米尔)　多么要命的味道!

阿　克　木　真是美妙!请让这座房子蓬荜生辉:与死人共舞吧!

西　蒙　娜　您喝醉了!您不知道自己在做什么!

阿　克　木　跳舞,朋友们,跳舞!给他喝酒!他值得拥有!

　　　　　他们与死人一起跳舞。

阿　克　木　这让我想起了一个朋友的故事,他以一种可怕的方式死去。他和他八岁的小女儿一起被敌人抓住,他们扒光了他的衣服,在他的屁眼上抹了油,让他坐在一根长木棍上。他们用棍子慢慢地捅他,慢慢悠悠,他的下面就开始膨胀……(他笑)然后,他们把他小女儿的身体吊起来,把她的两腿分开,把她往她父亲那里移动!她像受了诅咒一样一边扭动着身子,一边声嘶力竭地喊着。他的父亲,一边想要挣脱木棍,一边嘶哑地叫着。就在那个小女孩马上要被摁在她父亲身上的时候,有一个士兵,心生怜悯,朝他脑袋开了一枪。

威尔弗里德 住嘴!!!

威尔弗里德大喊着。骑士吉霍莫兰现身。他斩了阿克木。

威尔弗里德和西蒙娜带着尸身逃离。

威尔弗里德 我们刚才是在哪儿,西蒙娜?我感觉自己要杀人!我要杀掉什么人!

父　　亲 冷静,威尔弗里德!

威尔弗里德 任何人都不要跟我说什么冷静!明白吗?我一点儿都不想冷静,明白吗?我一点儿也不想,我也没有任何理由让自己冷静,明白吗?如果你再跟我说一次冷静,爸爸,我会让你再死一次。我不想冷静,我尤其不想要冷静……我想……我想……我不知道我想要什么。我产生了幻觉,我产生了幻觉!我们接下来做什么,西蒙娜?

瓦赞家。

瓦　　　　赞	聆听那颗星星说的话,你苦涩的星星说的话。
威尔弗里德	它说了什么?
瓦　　　　赞	一直前行,即使人们都不再相信。前行,即使已经失去了目标。前行,即使理性让我们无法行动,让我们停滞不前,即使我们发现"前行"这个词本身就没有意义。前行,即使我们失去了所有的骄傲、所有希望的能力。前行。我从未见过黑夜,但人们说它是晦暗的。那么离开,你们两个一起离开,在天亮前离开。清晨,我将对他们说那个唱歌的姑娘离开了,我将对他们说,那个回归故土的小伙子离开了。我将诅咒他们,我将对他们说:听听青春的愤怒,它证实了你们这些失败者是真正的失败者。青春因你们而愤怒。它离开了,与太阳一起。西蒙娜、威尔弗里德,带上遗体,在天亮前离开。清晨,我将对他们说,不幸刚刚降临这个村庄。
西　蒙　娜	瓦赞,没有什么比这首歌更能表达我想对你说的话和我对你的友情。

　　　　　　她唱歌。

威尔弗里德　西蒙娜，山脚村庄的那束光亮了起来又灭了下去。

西　蒙　娜　黎明时分，我们会到达路的交叉口。光或许就在那里。

　　　　　　他们离开。

别　人

25. 路的交叉口

　　黎明时分。在路的交叉口。一个年轻男人在那里。

阿　　魅　　你，就是那个唱歌的姑娘？

西　蒙　娜　　是我。你就是那个点光人？

阿　　魅　　是我。

西　蒙　娜　　你叫什么名字？

阿　　魅　　阿魅。自黑夜以来的每一个黑夜，我都能听见你的呼喊。有时，我也会发现装着纸条的瓶子。收到一些信息。这一切说的都是路与路的交叉口。在路的交叉口，会有别人。所以这些天，我都会来到这里，来到路的交叉口。我想知道。

西　蒙　娜　　我叫西蒙娜。这是威尔弗里德。

阿　　魅　　你想要什么？

西　蒙　娜　　我不知道。我受够了。你没受够吗，你？

阿　　魅　　你想做什么呢？

西　蒙　娜　　离开！

阿　　魅　　离开去哪儿呢？

西　蒙　娜　　随便哪里！呼喊出那些震荡山谷的句子，像扔出炸弹一样。

阿　　魅　战争期间，我扔过炸弹！

西　蒙　娜　我想扔的炸弹比在这个国家爆炸过的最可怕的炸弹还要可怕。

阿　　魅　我们扔到公交车上，扔到饭店里……

西　蒙　娜　不！这个炸弹只能在一个地方爆炸。在人们的脑袋里。

阿　　魅　你这话是什么意思？

西　蒙　娜　我们要去讲述故事。所有那些他们想让我们忘记的故事，我们要去创造，要去讲述！他们没办法，要想堵住我们的嘴，只能撕碎我们的脸！

阿　　魅　什么样的故事？

西　蒙　娜　你的，我的。沉默着的每一个人的。

阿　　魅　他们才不在乎什么故事！他们说：太多故事了，不能再有故事。我们还是把一切炸掉吧。

西　蒙　娜　我，我要走。我要帮助威尔弗里德找到一个能安葬他父亲的地方，然后去寻找讲述过往的方式。你来吗？

阿　　魅　我来。

西　蒙　娜　你的父母呢？

阿　　魅　死了。

西　蒙　娜　我们走吧。

阿　　魅　别，别从那边走。

西　蒙　娜　得走这儿，咱们得一起去你们村！找到一个能安葬遗体的地方。

阿　　　魅　忘记那个村庄，那些死人已经占了所有的位置。就在这里埋了他。在这个沟里。

威尔弗里德　听着，我理解，我也是，我也曾有过把他扔进遇到的第一个垃圾桶里的想法，可是我这么大老远地把他搬来，就是为了给他找到一个体面的地方。

阿　　　魅　在这整个国家里，已经没有任何体面的地方了。看得出来你不是这里的人，不然你不会表现得像一个有钱人。你的父亲在发臭，得把他埋掉，就是这样！

威尔弗里德　我不会把我父亲埋在随随便便的地方，就是这样！

阿　　　魅　好。那再见，我走了，你们自己守着你们的尸体吧。

西　蒙　娜　等等，你别走，跟着我，我们会找到一个安宁的地方埋葬这位父亲，之后我们就继续我们的路。一个安宁的地方，我们会在下一个村子里找到的，那个山谷下的村庄，可不是这里。

阿　　　魅　我不会再回到任何一个村庄，除非是去杀掉所有人。所有人。这具尸体，我看着他，我看到了所有等着遭报应的人。我告诉你，我们的上一辈是我们的敌人，我们不应该再回到任何一个村庄，任何！那些上一辈的人，我们应该把他们开膛破肚，让他们的尸身在太阳下腐烂，而我们要走遍所有的地方，炸掉一切，砸碎一切，焚烧一切。我们把他们聚集在高墙前，让他们站成一排，然后就冲着他们喊！我们要告诉他们，他们带给我们的伤害比杀人凶手还要深。我们要告诉他们，他们剥夺了我们那些不可替代的东西，他们扼杀了我们对青春的展望、我们最珍贵的奇迹。我们要告诉他们，他们夺走了我们嬉戏的伙伴，为了纪念逝者，我们会在他们的墓前放上一顶用他们嶙峋的头骨做成的王冠。然后我们对着他们，对着我们的上一辈，毫无愧疚地举起武器：哒哒哒哒哒哒哒哒哒哒哒哒哒哒哒！

西蒙娜 阿魅，看！我们两个都在这里。自那些黑夜以来，我都在梦想着我们相遇的这一天。这一天终于到来了，那么就让我们相信他，我们不要吵架。威尔弗里德想找到一个安宁的地方安葬他父亲的尸骨，他是对的。请帮着我去帮助他，一起出发！其余的都不重要，因为每一个深夜，你都曾点亮光来回应我的呼喊，而今天你就在这里。请带着信任，阿魅，和我在一起。

26. 分解

路上。热浪。

威尔弗里德　吉霍莫兰骑士,帮帮我。太沉了。

骑　　士　威尔弗里德,你在要求我帮你做我做不到的事。

威尔弗里德　可是你承诺过我,你记得吧? 没有什么比连接我们彼此的梦更强大!

骑　　士　你要我做什么呢? 你运送着你的父亲,而我,一个可怜的梦,一直在游荡,我什么都无法支撑,什么都无法承受,什么都不行!

威尔弗里德　如果你没能力改变世界,那你还有什么用?

骑　　士　亚瑟,我的国王,曾对我说永远不要相信死亡,真正的死亡只存在于绝望之人的头脑中。我并不悲观。我是一名骑士,蒙恩于上帝,我会一直保有我的尊严,我不会低头,我会一直在这里,做我自己,一个有形之人无形的兄弟。

威尔弗里德　阿魅,你不想背着他吗?

阿　　魅　我永远不会动你的那具尸体。

西　蒙　娜　我们在这里停一下。

他们休息。

西　蒙　娜　这样的下坡还有很长吗?

阿　　　魅　直到山谷的深处。我们明天才能到。

父亲的脸上覆盖上了一层绿色的物质。

威尔弗里德　爸爸，你在干什么？

父　　　亲　没干什么，我在腐烂！你想要我干什么呢？一个在太阳地里晒了五天的死人，除了腐烂，你指望他干什么呢？

威尔弗里德　等一下！我给你倒点儿剃须后用的爽肤水……

威尔弗里德把一瓶科隆牌爽肤水全倒在他父亲的头上。

父　　　亲　这会把我的脸灼伤的！

威尔弗里德　当你的死人吧，我告诉你，太阳落山了，睡觉，闭嘴！

威尔弗里德坐着。夜晚。

父　　　亲　威尔弗里德，时间真是一头奇怪的野兽！在我们小时候，很少有人教我们关于存在的问题，我们只能靠余下的生命试着去弄清楚这个其实在我们童年时期不费吹灰之力就能理解的问题。哦！一只老鼠，小家伙，小家伙，小家伙，来这儿，小老鼠！威尔弗里德，看，这老鼠是活的。来这里，老鼠，吃我的手指头、肝、脾！哦，所有这些我身边活着的东西，在呼吸，在长大，在变老！而我，死了，散发着一股让星星颤抖的味道。另外，谁在颤抖？谁在颤抖！

西　蒙　娜　你们听！这寂静，山谷里无声的寂静。是时候了！（她呼喊）"是时候做出这唯一的、独一无二的努力。""我在这里。""在路的交叉口，可能会有别人！"

西蒙娜唱歌。一个乐器回应。

西　蒙　娜　你们听到了吗？

威尔弗里德　一面鼓。

西蒙娜唱歌。那个乐器回应。

西　蒙　娜　我会一直这么唱下去，那边的人会回应。有我们的音乐为参照，我们会相逢。

27. 萨贝

萨贝放声大笑。

萨　　　贝　你就是那个唱歌的女孩？

西　蒙　娜　是的。

萨贝笑。

萨　　　贝　我以为出现在我面前的会是一个大胖子！（萨贝笑）我叫萨贝。我看到你们从远处来。

阿　　　魅　你想要什么？你为什么在这儿？

萨　　　贝　我为什么在这儿而不是在别处！没有死，没有生，没有出生在别处，在别的国家，在别的时代，在别的年代，以别的形式，动物的、植物的、矿物的，我为什么存在？我是谁？多么大的问题，你管得太宽！如果我在这儿，那是因为我没在别处。站不住脚的解释，可是在这样的时代，我没有更好的理由可以给你，在这样悲伤的时代。跟我说说，这里怎么臭烘烘的。

西蒙娜　我们带着一个男人的尸骨，为了给他找到一个安葬的地方。或许你可以帮助我们。

　　　　萨贝笑。

萨　贝　前夜，我终于成功地让自己睡着了，我做了一个滑稽的梦。我跟几个人在一个奇怪的地方；其中一人带着一具尸骨，但那是一具能说话的尸骨，一个扮成死人的尸骨……我们在一个被封闭起来的地方，一个非常大的地方……被隔离在一堵高墙下，在黑暗中，有很多人，他们坐着，注视着我们。

西蒙娜　我叫西蒙娜。

萨　贝　很久之前，我就开始回复你所有的口信。在我居住的村庄，谈论你的人说你丑陋不堪，臃肿肥胖，愚蠢又恶毒。于是，到后来，我也就把你想象成了类似的可怕样子！人们还跟我说你是一个淫荡的人，因为你唱得声嘶力竭。而我，没那么蠢，我找到了可以给你的嗓音伴奏的乐器。人们一直跟我说：高处的那个女孩，用她的声音迷惑人！我说是的，我窃喜，因为我那时就知道你是什么样的人，因为黑夜已经告诉了我，我通过你扔来的一个个漂流瓶，猜出了你的样子，你的呼喊、你的声音从那么远那么远的地方直抵我的心灵。

西　蒙　娜　你想离开吗？

萨　　　贝　离开！这是个奇怪的词，"离开"。这个国家已经变成了一出名副其实的闹剧，所有人都想离开。所有人。可你，你却在寻找一个安葬你父亲的地方。

威尔弗里德　我想你们村里已经没有位置了吧？

萨　　　贝　在这儿，所有村庄的情况都相似。

西　蒙　娜　那么最好离开。

阿　　　魅　最好，是的，别磨蹭，赶紧走。

西　蒙　娜　萨贝，你想跟我们一起走吗？

萨　　　贝　我不知道。也许吧，可为了做什么呢？

西　蒙　娜　为了知晓曾经发生过什么！你不想知道吗，你？弄明白是谁杀了谁。

谁朝谁开了枪？什么时候？多少人？以什么方式？他们是怎么打的？他们为什么要割喉？为什么男人们哭了？我的父亲跪在被焚烧的房屋前，为什么他们杀了他？为什么朝他脑袋开了三枪？还有我的母亲，他们是怎么把她吊死的？我的哥哥，他们是怎么把他扔给了群狗和飞禽？还有我的妹妹，他们强奸了她多少次，然后将她焚烧？还有萨义德，他是怎么被炸死的？你不想知道吗？你不想知道为什么吗？来吧！你要去讲述。

沉默。

萨　　贝　我也有一个很有意思的故事，我会讲给你们听，你们会笑的。只是现在咱们先绕条小路去一下山谷下的那个村子。我有一个未曾谋面的朋友！我们每个夜晚都一起大笑。我听到他笑，我就跟着笑。他听到我笑，他也会跟着笑。我觉得如果我什么都不说就走了，他会失望的。

阿　　魅　之后，我们得绕到另一面的山坡，爬上去。

萨　　贝　人们说在山顶可以看见海。

阿　　魅　过来吧，威尔弗里德。

威尔弗里德　我来了。

28. 承诺

威里弗尔德独自一人。

对着他能触及的人讲话。

威尔弗里德 好。我要说清楚！我知道我之前从来没有相信过什么东西的存在，无论是在上面，还是在下面，或者是在其他什么地方。而且我说这些话并不意味着我真的相信！我不相信。我不相信！可是万一！万一有那么一个人，我想对他说，来为我做点事情，做，而且要做得快。我会带着所有的诚意对他说。万一上面有那么个人，那个人听得到我说的，我真的希望自己能遇到一些容易的事情，真的希望！我甚至会做好签署合约的准备。我，我承诺，我承诺无论发生什么，我绝不会把我的父亲埋葬在一个随随便便的地方。

我承诺不让自己被绝望吞噬，我不会三下五除二草草了事。我会等待，即使他的身体在我的手中碎成粉末，我向着那个我不知道是谁的谁承诺，向我不知道是否存在的那个人承诺，我会把我父亲的遗骸带到一个丰饶的地方，让他的灵魂得以安息。可是作为交换，作为交换，我想知道我来到这个世界是为了做什么！我想弄明白在这里发生的所有事情！我是不是说清楚了？我不接受那种含糊其词的答复，我要的是一个没有任何闪烁其词的答案，我是不是说清楚了？对我来说很清楚！

29. 重复

一座幽深的森林。

西 蒙 娜　你确定这里有一个村庄吗，萨贝？

萨　　贝　每个深夜，都有笑声从这里传出。

阿　　魅　这里什么也没有！甚至连路都没有！

萨　　贝　有一条河。我认识很多没有路的村子。

阿　　魅　我不在乎这个，我知道的是这里没有村子。

萨　　贝　那么他就不是住在一个村庄里。

西 蒙 娜　等夜幕降临吧。

阿　　魅　你，我感觉得出来，咱们早晚要打上一架。

萨　　贝　我，我很喜欢人们打我。

阿　　魅　那正好，我很喜欢打人。

萨　　贝　那咱们可真是完美的一对儿！

西 蒙 娜　萨贝，我们想去那些大城市，不想迷失在森林里。我们想去那些宽阔的广场，向人们讲述我们的故事。

萨　　贝　我不知道。或许吧。

阿　　魅　或许什么？

萨　　贝　或许在这之前，我们有别的事情要做。

父　　亲　比如或许可以给我找个地方。

威尔弗里德　或许，是的，比如或许可以给我的父亲找个地方。

西　蒙　娜　如果今夜你的朋友不回应我们的呼叫，萨贝，明天早上，我们就去碰上的第一棵树下，把尸骨安放在那里，然后我们就向着大海的方向前行。

威尔弗里德　至于哪一棵算第一棵树，我们再看。

萨　　　贝　好主意，我们再看。

西　蒙　娜　在等待期间，得找到向人们讲述我们的故事的方式。

阿　　　魅　怎么讲述？

西　蒙　娜　就当这里是一个很大的广场。我们到了，我们边往前走边讲。我们试试。

阿　　　魅　什么意思？

西　蒙　娜　想象我们在人群面前。

阿　　　魅　一个人也没有。

萨　　　贝　想象。

阿　　　魅　什么意思，想象？

威尔弗里德　对，想象，想象，这并不复杂！以我为例：我看着我父亲的遗体，我想象他在说话。

父　　　亲　你叫阿魅，是吗？

阿　　　魅　我叫阿魅，我来自蓝色村庄。

父　　　亲　我特别熟悉蓝色村庄。小时候，我常去那里玩。或许我认识你父亲。

你父亲叫什么?

阿　　魅　我父亲死了。

父　　亲　我也是,我也死了!除了有点儿味道,并没有太多不方便之处。我还在这里,我还在说话,发表自己的意见。

阿　　魅　是的,但是他,我的父亲,万一他也像您一样在这里转转,到那里逛逛,我想他不会愿意见到我。

父　　亲　为什么?

阿　　魅　因为是我杀死了他。(沉默)是的,我杀死了他。我的父亲。在黑暗中,我杀死了他。

沉默。

父　　亲　可是你为什么杀了他?

阿　　魅　因为我没认出他来。我没认出我父亲的脸。我从战场上回来,那一整夜,我都为了自己能在搏斗中活着站起来而呼喊:"我是阿魅,是我!"男人们为能被我打败而骄傲;我是身子挨着身子、眼睛瞪着眼睛那样割断了他们的喉咙,我卸下了他们的武器,我脱掉了他们的鞋子,我把他们的尸体扔给了狗。我在黑夜行将结束的时候往家走;在路的交叉口,我看见了一个蒙着面的男人;他抬起一只胳膊向我这边走了一步。我出手了。我冲了过去,手里拿着刀,先在喉咙上来了一下,然后是肋骨,最后又在心脏上捅了三刀!我撕碎了他的衣服,切下他的性器官,把它扔给了鸟,我毁了他的面容,然后离开。等我到了村里,有人朝我跑来,飞快地,飞快地朝我跑来,来告诉我,他们告诉我,一个赶着羊群回来的牧羊人刚刚发现了我父亲的尸体。尸体就在那里,我认出了我的动作、我的刀法,我看着它,大梦初醒!我的母亲远远地看见了我,她开始大叫,失声痛哭,她跑了起来,疯狂地跑,完全听不到那一声声"你要去哪儿,你要去哪儿"的呼叫。什么都没有!除了风!她迅速地冲向那个深渊,跳了下去。"妈妈!妈妈!"我叫喊着,以前所未有的方式叫喊着!从此我的天空就是黑夜,即使是在晴空万里的白天,晴空万里的白天!

骑　士　我带着无尽的疼痛感受着时间的流逝。上帝把我创造成一个孩童,然后就让我这一生都是孩童。威尔弗里德,我只要一想到有一天你将不再需要我,我就会因这个简单的想法不寒而栗。别忘记我,威尔弗里德,别忘记我。

阿　魅　这就是我的故事。西蒙娜。让我给一群聚集在一起前来听故事的人讲述这样一个故事有什么意义？

西　蒙　娜　为了不忘记那些名字，阿魅……

阿　　　魅　可是没有人需要记住我父亲的名字、我母亲的名字。我的名字，我自己的。我的名字人们应该践踏它，忘记它，烧毁它！

远处传来笑声。

30. 偏移与嬉笑

西　蒙　娜　听！

萨　　　贝　是他！

威尔弗里德　他是谁？

萨　　　贝　我的朋友。

西　蒙　娜　一个你未曾谋面的朋友。

萨　　　贝　陌生的朋友是最让人憧憬的。

笑声再次在远处回响。

萨贝回应他。

笑声回应他。

西　蒙　娜　他听到你了。

萨　　　贝　一起笑，大家一起！

他们一起笑。

没有动静。他们再次一起笑。没有动静。

威尔弗里德	他不回应了。
西 蒙 娜	他可能害怕!
萨 贝	害怕什么?再一起试试!

> 他们一起笑。
>
> 没有动静。萨贝一个人笑。笑声回应了他。
>
> 萨贝一个人笑,笑声回应了他。

31. 马斯

> 马斯笑着。

马 斯 我叫马斯。这里年老的农民们散播了一个谣言,与一位年轻姑娘有关:她可以通过自己的声音把你们变成盐雕。人们把她说成一个在森林里游荡的女巫。您能想象他们听到您声音时的样子吗?歌声连同她的笑声?……

西 蒙 娜 这是萨贝,那个在所有的夜晚都跟你一起笑的人。

> 马斯笑。萨贝笑。他们认出了彼此。他们拥抱。

马 斯 每一次我听到你为了问候我,让笑声回荡在山谷深处,星星们都变得更加明亮、更清晰可辨。我听到了一个我对其一无所知的朋友的笑声,这让我非常开心。我很高兴今天能够看到你的脸庞。我随身带了些吃的。

他们坐下来一起吃东西。

萨　　贝　你们知道我们怎么称呼合伙①吃一块面包的人吗?

威尔弗里德　怎么称呼?

萨　　贝　伙伴。

　　　　　萨贝笑。

马　　斯　你们要去哪里?

西　蒙　娜　去海的那边,往北走,从一个城市到另一个城市。

马　　斯　我很想跟着你们。

萨　　贝　有谁会挽留你吗?

马　　斯　没有。

西　蒙　娜　你的父母、你的朋友们呢?

马　　斯　朋友们失踪了,母亲走了,父亲没见过。无牵无挂!

萨　　贝　我们想讲述曾经都发生过什么。每个人讲自己的故事。你愿意吗?

马　　斯　我愿意。

　　　　　萨贝笑。马斯笑。萨贝笑,马斯笑。萨贝笑,马斯笑。

---

① 法语里,pain(面包)与copain(伙伴)有一种发音上的重复性,但中文翻译无法直接体现,故此处特意译为"合伙",以与下文"伙伴"呼应。

32. 隔绝

威尔弗里德 那我呢?我能讲述什么故事呢?那些你留给我的沉默?他们有那么多那么多话能说,而我除了词穷还是词穷。

父　　亲 他们经历了战争。

威尔弗里德 你如果想知道,我真是打心眼里羡慕他们经历过战争!这给人讲起来才有意义。可是我,没人在乎!只不过是一个要埋葬父亲的人!So what!①吉霍莫兰骑士很幸运,他的亚瑟王生病了,不然他的故事也一样平淡无奇!

骑　　士 我是上帝的骑士……

威尔弗里德 闭嘴!走开,骑士。我再也不相信电影,再也不相信任何东西。这并不是针对你,可是我开始觉得累了,我老是跟一个梦厮混在一起,就是为了让自己觉得不那么孤单!多么悲哀!我甚至都不能体面地埋葬自己的父亲,这都是因为你。你总是在我生命周围游荡,在我的夜晚周围,在我的身体周围,在我的精神周围。

---

① "那又如何!"

骑　　　士	威尔弗里德，我是上帝的骑士……
威尔弗里德	你闭嘴!
骑　　　士	我被摩根遣送到这里，来忍受精神地狱的煎熬……
威尔弗里德	你闭嘴……
骑　　　士	可我的心是一颗钻石，我不会在那些笨蛋面前妥协，在那些蠢蛋、傻帽和白痴面前! 我不会从你的梦里离开，我不能让你成为一个冷漠又粗野的人，你还是会继续幻想，尽管你不愿意，还会继续做梦，继续胡言乱语，尽管你不愿意，可你还是会继续，而且如果你抗拒，你就会死去。
威尔弗里德	我不相信你! 你不存在! 如果你从未存在过，我现在会快乐很多!
骑　　　士	你就会沉迷在你的日常琐碎之中，用你的下半身思考，分不清那些要抛弃的肉身，就又扎进了另一个女人的怀里，你这个容易自我满足的家伙! 丢人! 我是上帝的骑士，我侵入的可不是一个无赖的灵魂! 那个舒舒服服地躲在后面，以牺牲别人的血泪为代价，过着自己幸福日子的人! 躲在后面!

骑士杀了威尔弗里德。

33. 腐败

早晨。

西　蒙　娜　我们继续?

威尔弗里德　不,我们不继续了。我们就把尸身留在这儿! 我已经筋疲力尽,真的。我们到此结束。我们在这里挖一个坑,就行了。我们把尸体放下,然后我就回家!

萨　　贝　你如果想挖坑,可以挖,可你挖也是白挖。我们不可能把他埋在这里。在这里对任何人都没有意义。

威尔弗里德　这与你有他妈什么关系,如果我就想把他埋在这里呢?

阿　　魅　我来帮你。别听他们的。

萨　　贝　能提出这种问题,就证明你根本没有理解答案的能力! 不过,我可以向你保证,威尔弗里德,第一个晚上,我就会回来把他挖出来,我会把他带到一个有意义的地方。

阿　　魅　威尔弗里德,别说话,挖!

西　蒙　娜　这具尸身的确是你父亲的尸身,你当然能决定在你想埋他的地方埋他。可是你想一想,我们这里

		所有人都已经没有了自己的父母。
威尔弗里德		我不这么看这个问题!
马	斯	我们没法用别的方式看。
威尔弗里德		我们永远也找不到那个地方。在咱们变疯之前,就把他埋在这里。
西 蒙 娜		不! 不能在这里。
阿	魅	这里还是别处都一样。
西 蒙 娜		不,不一样!
阿	魅	可是这没有差别。
西 蒙 娜		不,有差别。
威尔弗里德		有什么差别?
西 蒙 娜		这里代表的是精疲力竭之地,因为你精疲力竭,所以你才想停止。一定会有某处,有那么一个我们还不知道的地方,可以接纳你父亲的尸身。
阿	魅	挖,威尔弗里德,然后咱们就走! 他们想干什么就干什么,哪怕是把土地里所有的尸体都挖出来! 他们已经头脑不清醒了! 他们被那个根深蒂固的念头控制着,觉察不到把一个死人留在活人中间是一种亵渎。咱们挖。
西 蒙 娜		阿魅,没有什么是比亲手杀死自己的父亲更大的亵渎。你瞎了,你真是瞎得厉害!
阿	魅	你们,才是瞎子! 我看得清清楚楚。

西　蒙　娜　可是当你的父亲出现在路的交叉口的时候,你都没能认出自己的父亲,在你对他动手的那一天。

阿　　　魅　他在太阳下站得笔直。蒙着面!今天我的眼睛看得清楚。

西　蒙　娜　错。昨天是瞎的,今天是瞎的,现在也是瞎的,因为你看不到这具尸身里那唯一能将你救赎的机会。

阿　　　魅　现在闭嘴!

西　蒙　娜　你想怎么喊就怎么喊,阿魅,你也可以走,你可以把我们一个一个地杀掉,因为这是你最擅长的,把我们的鞋从脚上脱下来,把我们的尸体扔给狗和飞禽!

萨　　　贝　你走吧,你以后既用不着埋葬什么,也用不着再觉得麻烦,更用不着这么招人烦。

阿魅扑向萨贝。他们被其他同伴分开。

萨　　　贝　我太了解你了!杀死同类的凶手我见过很多,他们无处不在!我就是想保留他——这具尸身,因为能有一具脑袋完好无损的父亲的遗体是一个真真正正的奇迹!一个奇迹!味道不算什么,正相反,它让人觉得踏实,因为它能提醒我,遗体还在这里,没有被丢掉、偷掉、烧掉。你理解不了这一点,你,因为你是那个杀人的人、抛尸的人。我,就像你一样，是一个父亲的儿子，我觉得在他身上能看到我的父亲！西蒙娜，我们想象一下，咱们在人群面前。我站着，我讲述自己的故事。我说：我叫萨贝。他们叫嚷着，破门而入，把我的父亲从睡梦中惊醒，烧了书，点燃了房子，杀死了动物！所有人都在喊，所有人都在叫！他们把我们带到了运动场，朝我们的脸上吐唾沫，在我父亲面前强奸我的母亲，在我母亲面前殴打我的父亲，把他们的性器官塞进我的嘴里，当着我尖叫着的父亲和母亲的面！"你叫，你再叫！"那些男人对我的父亲说，他们打碎了他的牙齿，又把他拉起来："你不是会写吗？现在写。"然后他们砍掉他的双臂。"写呀！接着写你会写的东西！用你的脚丫子写，因为你没有手臂了。快，用你的脚丫子。"然后他们砍断了他的双腿！"你不想写了？用你的舌头写！！写呀，写呀！"然后他们砍掉了他的头！于是，在一场无法言说、无法言说的疯狂中，我开始笑！你能想象吗？我抱着我父亲的头笑，一个士兵强迫我用双手举着他的头！他们抓过头，把它踢到地上，把它当球踢了起来。我笑呀，笑呀，我的母亲倒在我的脚下，我笑呀，笑呀。你听见我给你讲的了吗？我当时一直在笑!……西蒙娜,在我们讲故事之前,无论是给谁讲,我们必须安葬这具遗体。阿魅,无论你愿不愿意,这具遗体就是你父亲的遗体。站直了,我的老伙计,站直了。睁开眼睛,在这具遗体上,你能辨认出那位失踪的父亲、那位被杀害的父亲、那位满身是血的父亲。让我们给他找一个地方,让他好好安息。我们就能自由地再次出发,阿魅,自由地,自由地,自由自在地!

西 蒙 娜 然后我们立上一块石头,在上面刻上我们所有人的父亲的名字。

威尔弗里德 我们该去往哪里呢?

马 斯 海边。

他们重新上路。

路

34. 想象与低语

深夜。

父　　亲　啊! 梦!

骑　　士　啊! 死亡!

父　　亲　我们什么也不是，骑士，我们什么也不是! 我们所找寻的东西才是一切。死亡的话语。

骑　　士　说起来容易，做起来难。梦想的话语。

父　　亲　行了，他们所有人都睡了。

骑　　士　突然一下子这么安静。

父　　亲　确实，一个死人和一个梦说话，的确不会太聒噪。

一个声音　米哈·阿布-喀斯特拉利姆、米卡·阿布-喀斯特拉利姆、让·阿布-喀斯特拉利姆、夏洛特·阿布-喀斯特拉利姆。

骑　　士　你听到了吗?

那个声音　阿比尔·巴基赫和他生于巴拉德的妻子伊莎贝尔·巴基赫，他们的三个孩子——拉森、巴迪克、特菲克。米诺·迪格丹、玛丽-爱瓦·迪格丹、玛姆·迪格丹、洛朗娜·迪格丹、瑞塔·迪格丹、阿兰·爱利罗诺尔、吉尔·爱利罗诺尔、玛黑斯和颜·弗尔

          图纳托、让·伊斯麦特、萨莎·伊斯麦特、玛布巴·玛黑纳、艾玛纽尔·玛黑纳、哈菲克·玛菲纳、爱拉姆·玛黑纳、玛侬·玛黑纳、罗赫朗·罗亚诺、大卫·那那、卡特琳娜·那那、克洛德纳·那那、娜伊拉·纳、纳吉·纳……

骑　　　士　我们该做什么？

父　　　亲　你想做什么？我，死了，而你，不存在！

那个声音　瓦哈卜·阿祖哈、马修·阿祖哈、斯特芬·阿祖哈、纪尧姆·阿祖哈、马丁·塔纽、瓦赞·塔纽、扎米尔·塔纽、纳比尔·塔纽、德波哈·阿波多·摩根·阿布拉哈、威玛拉·阿布拉哈、奈里·瓦汝德、尼尔·瓦汝德、璐·瓦汝德……

骑　　　士　声音在靠近！

那个声音　……还有石头村死的人，阿兹亚全家：尤莱纳、米赫耶、米莱纳、朱玛纳、蕾拉、斯林娜，还有没人记得他们名字的四个婴儿。努尔——阿法弗的儿子，易哲穆——伊斯蒂的儿子，也是爱里弗的孙子，伊沃娜在河沟里发现了这孩子，她给孩子起了个小名叫河河。拉普兰特先生，在他当演员的儿子的怀里死去，那个在村庄的广场上用脚跺地的儿子。还有在残垣断壁下被找到的阿祖哈一家：里巴、科勒拉、爱黛尔、艾唐、路易、易迈尔、弗赫科、伊萨克、莫伊斯、在湖水深处见到了天使的努阿尔、苏哈伊拉、劳尔、保罗、娜扎、索尼娅。还有另一个索尼娅，考恩家的和艾勒卡玛哈家的，索尼娅·艾勒卡玛哈，来自月亮寺村庄，遭到了强奸、割喉，她是在那块白色石头上被发现的。你们也是，我会记住你们的名字，不管多久，都会记得，索尼娅，索尼娅，索尼娅。

35. 约瑟芬妮

在醒来的人中间，站着一位年轻女孩。她抱着数量惊人的厚厚的书。

约瑟芬妮　哪一位有一支铅笔？

西　蒙　娜　一支什么？

约瑟芬妮　一支铅笔！米哈·阿布-喀斯特拉利姆、米卡·阿布-喀斯特拉利姆、让·阿布-喀斯特拉利姆、夏洛特·阿布-喀斯特拉利姆。很紧急，拜托你们了！阿比尔·巴基赫和他生于巴拉德的妻子伊莎贝尔·巴基赫，他们的三个孩子——拉森、巴迪克、特菲克。米诺·迪格丹……我丢了我的笔。真蠢，真蠢！有没有人有一支铅笔？

西蒙娜递给她一支铅笔。

约瑟芬妮　　谢谢!

威尔弗里德　我有纸……

约瑟芬妮　　不缺纸,缺的是笔!我必须都背下来。

西　蒙　娜　背什么?

约瑟芬妮　　名字,所有的名字!

西　蒙　娜　什么名字?

约瑟芬妮　　等一等!(她在一个本子上誊写着)米哈·阿布-喀斯特拉利姆、米卡·阿布-喀斯特拉利姆、让·阿布-喀斯特拉利姆、夏洛特·阿布-喀斯特拉利姆。阿比尔·巴基赫和他生于巴拉德的妻子伊莎贝尔·巴基赫,他们的三个孩子——拉森、巴迪克、特菲克。米诺·迪格丹、玛丽-爱瓦·迪格丹、玛姆·迪格丹、洛朗娜·迪格丹、瑞塔·迪格丹……(小声地)好了!!

西　蒙　娜　你叫出的这些人是谁?

约瑟芬妮　　人们。这些是人们的名字。

萨　　　贝　那这个呢,这是什么?

约瑟芬妮　　大城市的电话人名录。在那些小村庄里,我得用手记录,我跟老人们坐在一块儿,让他们说出村里居民的姓和名,一个一个说,一步一步来,直到最后一个人。

威尔弗里德　是这个国家不同城市的电话人名录?

约瑟芬妮　是这个国家所有城市的！这一本是首都的！

威尔弗里德拿过来打开。

西　蒙　娜　你想用这些名字做什么？

约瑟芬妮　我不知道！我就是收集着，这已经成为一种执念！记录下所有人的名字！可战争期间非常难！我总是担心忘记什么人，比如山洞深处的隐士，或是在隐秘湖畔藏身的独行者。还有那些新生儿。那些我走后到来的人！可是能怎么办呢？

阿　　　魅　这些是战争前的电话人名录！

约瑟芬妮　没有更新的。战争期间没做电话人名录。

阿　　　魅　这二十五年的电话人名录能有什么用？

约瑟芬妮　一个名字有什么用？那些名字！所有的名字！绝大多数人或是离开或是死去，没人知道他们在哪儿！呼喊、苦难和悲伤！除了尘埃，什么也没留下，那么留下名字吧！一块石头有什么用？一座雕塑有什么用？在这个国家，既没有石头，也没有雕塑去镌刻下那些名字！那么就让生者和逝者聚在一起！这就是雕塑！这是唯一一个能让我们国土上的居民一起睡去的地方，睡在静谧的电话号码之间！这些是我们的名字！我首先把我父母的收集起来，然后在旁边标记上自己的名字：约瑟芬妮。我叫约瑟芬妮。这是我会写的第一个

海边

名字。

西蒙娜 你在这座山谷里做什么？那边是有个村庄吗？

约瑟芬妮 没有。我已经追着你们跑了两天。这里有些人的名字我没有。在山上的那个村子里，有一个盲人跟我说起过一个由呼喊、歌声和扔进河里的口信组成的信息网。

西蒙娜 瓦赞！

约瑟芬妮 西蒙娜声嘶力竭地唱歌，威尔弗里德寻找一个安放他父亲遗体的地方。

西蒙娜 我是西蒙娜。这是威尔弗里德。

约瑟芬妮 在蓝色村庄，我说："你们见过一个唱歌的女孩吗？她出发了，为了能够聚集起一群人。"他们回答我说，只有疯子才会跟着疯子，没人愿意告诉我谁跟你走了。现在疯子们近在眼前。

萨贝 我们是疯子，可那是因为他们的理性给了我们成为疯子的理由！写下来：我是萨贝，那个父亲被斩首，住在山脚村庄里的疯子！

马斯 我叫马斯，没有籍贯，没有生活来源，一无所有的愤怒的疯子！

阿魅 我是阿魅。沾着他父亲的血，造成他母亲的死的疯子。

约瑟芬妮记下萨贝、马斯和阿魅的名字。

威尔弗里德 （依然翻着电话人名录）看！这里记录着！我父亲的名字！

过了一会儿。

西　蒙　娜　我们出发吧。约瑟芬妮，我们继续朝着大海那边走。

约瑟芬妮　这是我熟悉的路。我来指引你们。

他们重新上路。

马　　　斯　你来呀，阿魅。

阿　　　魅　为了做什么呢！

马　　　斯　阿魅，当你掉进一个洞里，最好后背向下坠落。因为既然要坠落，那就在日光中坠落，这已经算赢了。可是如果你腹部向下坠落，眼睛里就只有洞中的幽暗，那就已经算输了。来吧。

阿魅跟上马斯。

36. 衰败与舞蹈

下雨。

父　　　亲　这场雨对我没有好处。没多久，潮气就要上来，真菌会占领阵地，我会变得脏兮兮、脆生生的。

威尔弗里德　你在自言自语，爸爸，我甚至都听不见你在说什么！

西 蒙 娜　听!

马　　斯　鸟儿!

　　　　　夜晚，他们停下来休息。

父　　亲　骑士，为什么我的儿子跟我说话这么生硬?

骑　　士　时代变了，不再像过去那样对待逝者了。

父　　亲　接受这一切可真不容易……

骑　　士　我可没这么说!

父　　亲　告诉我，他都做什么样的梦?

骑　　士　嗷，他睡不好；他只要一闭上眼睛，就是虚无。

父　　亲　怎么会这样! 真要命!

骑　　士　当一个死人或者当一个梦，有什么区别?

父　　亲　没有任何区别。

骑　　士　那么?

父　　亲　那么没什么!

骑　　士　好。

父　　亲　是的，好。这一切并没有让我停止腐烂。

骑　　士　自然规律是不讲情面的。

父　　亲　他们为什么不把我放在太阳下漂白!

骑　　士　因为鸟儿会吃掉你的眼睛。

父　　亲　死亡不是一件小事。

骑　　士　生命也不是!

父　　亲　那我们可真是出师不利! 今夜让我想到了墨西

哥。别想这些了，如果你愿意，咱们一起跳舞！

他们跳舞。

37. 失眠

夜晚。

约瑟芬妮 巴勒德纳德一家，哈克尼尼一家，沙尔贝，尤安，吉安纳一家，安托万，萨米哈，艾米尔，玛赫雅姆，科勒拉，科哈，阿努克，科哈莉娜一家，伊耐克……

西　蒙　娜 约瑟芬妮？

约瑟芬妮惊醒。

约瑟芬妮 对不起！我已经把那些名字背得滚瓜烂熟，如果不在躺下的时候念几个名字，就难以入睡，那是给那些无法行走的人的摇篮曲，因为对于前行的人来说，如果再没有任何人叫他们的名字，那是巨大的不幸。西蒙娜，西蒙娜。你听到这名字是怎么回响的吗？长久以来，我都是一边走着路，一边不断叫着自己的名字，因为再也没有人叫过它。约瑟芬妮，约瑟芬妮，约瑟芬妮……我觉得自己就像是一条在陌生的大海上航行的船，在阴暗的天空下，没有港湾，没有星辰。

西　蒙　娜　你要用你所有这些电话人名录做什么呢，约瑟芬妮？

约瑟芬妮　我不知道。人们，当我告诉他们我在做的事情，他们朝我微笑，抚摸我的头发。有一次，一个男人在其中一本电话人名录里发现了他家人的名字，他当时就跪下了。一个女人，石榴村的，紧紧地把我拥在怀里。盲人瓦赞对我说，我拯救了一段记忆。他用一个我从未听过的名字称呼我，他对我说："一路顺风，安提戈涅。"

马　　斯　当你看向自己前方的时候，约瑟芬妮，你看到了什么？

约瑟芬妮　血以及与血相反的那些。当我们消失很久以后，会有其他人代替我们，在灾难中找寻美与意义。我们找不到的答案，他们会找到……我们的名字！那些一万年前被征服的人的名字！去哪里隐藏它们，该把它们交给谁，才能让它们不被掠夺，不被焚烧，不被抛弃！我无法无限期地把它们带在自己身上，很重，非常重！

威尔弗里德　我们似乎有着同样的问题。

马　　斯　明天将到达海边。约瑟芬妮，用这些名字让我们平静下来，平抚我们的灵魂，我请求你。你在这里出现，赋予我们的相逢以意义。你让我们重新

	振作,因为你重新给了我们名字。
约瑟芬妮	葛布赫尔·巴丹特尔,罗伯特和弗朗索瓦姿·达乌赫,然后还有躲在避难地深处,被吓死的看门人德波哈·拉颇特太太。永远无法忘记那个失踪的妹妹,有着金色眼眸的妹妹——乔兹·布丹,萨米·尤巴先生,以及他被吊死的哥哥特斯坦,特斯坦·阿尔诺。厌倦规则,声音很有磁性的克里斯蒂安·比埃。玛丽·泰勒思和她的丈夫书商路易,他谈起一本书就像人们谈到一条河。高高瘦瘦,眼睛小,鼻梁高,喜欢看书的陈秉华。能用鱼刺扎出仙鹤的高桂芳。喜欢种花和赶海的王梅生。还有那位叫康瑞珍的医生,她头发卷曲,皮肤白皙。①
萨 贝	我从未见过海。
威尔弗里德	海,主要是有很多水!
马 斯	讲一讲!
威尔弗里德	有声音,蓝色的律动一直有,一直有海平线,一直有潮涨潮落,有鸟儿,有风,浩瀚,浩瀚无垠,是世间所有可能存在的蓝色中最浩瀚的!

---

① 《海边》法语原著里出现的部分人名是出演这部戏剧作品不同国籍主创们逝去亲友们的名字,不同国家的译本里也会加入不同国家逝者的名字。应作者穆瓦德的提议,中文译本里也加入了部分中国人名。

萨　　　贝　　再讲讲，再多讲一些！

威尔弗里德　　一个家伙跟一个他不记得叫什么名字的女孩做爱。她不叫约瑟芬妮，他和她都不在乎彼此的名字！他们做爱的时候，男孩的父亲正在死去。男人射精的时候，电话铃响了——"丁零零，喂，请来一下，您的父亲死了"，我挂断了电话。可是当世界崩塌的时候，如何才能挂断！

约瑟芬妮　　你父亲死后，你都做什么了？

威尔弗里德　　我去见了法官！

西　蒙　娜　　我们有了我们的故事！一个男人寻找一个能安放他父亲遗体的地方。通过这个故事，每个人都将讲述自己的故事！我们讲的时候，就把我们说过的、做过的再说一遍，再做一遍。在公共广场上，我们将讲述我们的故事。

马　　　斯　　现在我们只需要找到结局。

西　蒙　娜　　等我们找到安葬父亲的地方，就找到了结局。

萨　　　贝　　看！

西　蒙　娜　　大海！

　　　　　　　大海。

海 边

38. 海边

威尔弗里德 小时候,我父亲常给我讲一个叫吉霍莫兰的骑士的故事。夜晚,在与敌人战斗过后,他会去海上睡觉。每个白天,海浪都会把他带回岸边。吉霍莫兰骑士知道,某一个清晨,大海会把他留在自己的深处。那个清晨会是他接受死亡的那一天。我知道我的父亲不是一个骑士,而是个一眼就能看出死透了、正在腐烂的死人,可是这没关系。我要清洗他的身体,我会清理他的衣服,然后我们把他送给海浪。我们不用土埋葬他,我们用海安葬他。

马　　斯 我们会帮你的。

39. 宽衣解带

拍摄。

导　　演 非常棒!大家准备。我希望在这一场戏里,人们能感觉到威尔弗里德会把自己的内心赤裸裸地展现,为了达到这个目的,我们需要用一个非常强烈的画面表达这个想法，这个镜头很可能会载入电影史册。我们要给父亲宽衣！我们跟拍威尔弗里德到达安葬之地，决定清洗父亲身体的那个时刻，如果这部电影里有一个引人入胜的画面，那一定就是这个。你在这个位置，我要一个能看到海上狂澜的宽幅镜头，就好像是父亲的灵魂觉得自己要缴械投降了，于是在抗争！你明白吗？你明白吗？从这里，你向前靠近，我们会用一束柔光和散射光来抓拍这一切，散射光！

灯 光 师　好的，好的，散射光，散射光……

导　　演　好。我们在这里搭一块遮布，让父亲可以进入脱衣服的环节，然后抱着他的衣服去海里清洗。注意，各就各位。威尔弗里德，在这期间，你在这个位置，在这一场戏进行的过程中，慢慢地，你把手搭在父亲的肩膀上，你把头转向大海那一边，以一种悲剧性的姿态用另一只手托住自己的前额。那么好了，各就各位……监视器！

收 音 师　声音就绪！

摄 像 师　好的，就位！

场　　记　父亲宽衣，镜头1。

导　　演　三，二，一！……ACTION！威尔弗里德，你给父亲脱衣服，就好像你在揭开月亮不为人知的另一面！你进入了一片未知的土地！在你面前的是一幅宇宙风景！带着这个视角，你无法让自己不去想那被发霉物弄得一团黑的冰冷的东西是你父亲的身躯，肉体和脂肪。你的心怦怦直跳，你觉得窒息，因为你自己就生于这具身躯，这副肉体，这些脂肪。你需要强打起所有精神，不让自己垮掉。

约瑟芬妮 威尔弗里德，你还好吗？

威尔弗里德 还好！咱们拿着他的衣服去清洗吧！

导　　演 非常棒！把遗体放下，要给他找到一个悲剧性的姿态。威尔弗里德，你从未这样站在死者面前，你决定面对面注视着他，独自一人。

威尔弗里德 你们去游泳吧！让我一个人留下！我只需要水来清洗他。

约瑟芬妮 我去给你拿来。

导　　演 注意，我们准备好拍出发的动作。

他们抱着父亲的衣服出去。

威尔弗里德 你不想跟着一起出去吗？

导　　演 可是我在拍电影！

威尔弗里德 正好。你不想关上监视器吗？

导　　演 你在说什么呢！这是最重要的时刻！你独自一人，清洗着你父亲的遗体，如果这部电影里有一个引人入胜的画面,那一定就是这个。

威尔弗里德 正好!如果真有这样的时刻,那我很希望独自一人入胜!

导 演 你给了我灵感!我要拍下来,但是远远地拍!这会加重这一场景的私密性。你变成了在生命前直面死亡的那个人。我要换镜头。去吧,威尔弗里德,别管我,我不存在。

导演走远。约瑟芬妮拿着一桶水过来。

约瑟芬妮 他们在游泳,开心得像一群疯子。他们洗着衣服,连阿魅都在嬉笑。

威尔弗里德 留下来跟我一起。你跟我,我们是一类人。我因我的父亲,你因你的那些名字。留下来跟我一起。如果你愿意。

约瑟芬妮 我很愿意。

40. 宣叙调一

威尔弗里德开始清洗他的父亲。

父 亲 我什么都看不见了,
我的眼睛都干了。
虫子把它们吃掉了。
我觉得不安。

在这片一直延伸到远处并消失在天际的一望无垠面前,
远至天际……
我觉得不安。

威尔弗里德,
就在不久以前,
我有时会起床,带着轻盈的步伐走上街头,
带着要走到大海边的念头。
真没想到对一个简单动作的回忆竟会令人如此疼痛。
把他的帽子戴到他的头上。
搓一搓他的手,为了给它们取暖。
像一阵风一样走进一个人头攒动的饭馆,点一杯咖啡,装着好像正在为一些神秘的事情担忧。
走在街头。
遇上一个女人。
离别在火车站台。
伫立在船舷,独自一人。
与陌生人攀谈。
谈论天气如何。
无牵无挂。

无所事事。

一直睡到午后。

不知道怎样才能支付自己的房租。

与朋友们准备一餐饭。

与警察吵架,

想吃

想喝

想要一个孩子

安静着

孤独着

还有梦着

梦着

存在着。

威尔弗里德

现在是什么天气?

我的眼睛在眼眶中腐烂,再也看不见任何东西。

现在是白天?

现在是黑夜?

水应该是冰冷的。

威尔弗里德

我觉得不安。

你们要怎么处理我的身体?

为什么选择把我扔进海里,就像扔下去一个罪人? 他被海浪裹挟着,在淹死前,还能分辨出被海水吞噬的其他人,以及那些活着的人,留在生命之船上继续航行的人。

我想留在地上。

我想留在地上。

我不想随波逐流。

我不想出发去漂流。

我不想如海浪所希望的那样被它们带走。

像一只长着疥疮的狗,

或是一艘船的残骸,

以不知什么样的方式被带到不知什么样的地方。

被野蛮的鱼

被来往船只的螺旋桨

被暗礁

粉碎,沉入这片一望无垠里,

我不想。

41. 一分为二与亲吻

威尔弗里德清洗父亲的胳膊和脖子。

约瑟芬妮 先生……

父　　亲 什么事，小姐？

约瑟芬妮 您愿意当一会儿我的父亲吗？

父　　亲 很荣幸，小姐。

约瑟芬妮 我等了你们那么久，等妈妈和你，我坐在被毁坏的家门前。可是你们没有来。

父　　亲 我们那时已经死了。我们的身体被压在墙下，七零八落。

约瑟芬妮 邻居们跟我复述过了。

父　　亲 一切都付之一炬。什么都没剩下。除了一本被你坐在身下的电话人名录。你的母亲看着你那么孤单，她哭了，她甚至说她宁愿你跟我们一起死。尽管我不断跟她说死人不能哭，可无济于事。

约瑟芬妮 我在电话人名录里找过你的名字。当我看到它跟咱们家的电话号码一起被登记在白色的纸上，我就明白你们死了。我保留了那本电话人名录。这就是能留下的与你们有关的全部。

父　　亲 那现在呢，约瑟芬妮？

约瑟芬妮 我不知道。你知道吗,你?

父　　亲 我知道总跟死人打交道并不好。

威尔弗里德 可是当死人不想放过你,又能怎么办呢?

父　　亲 这个年轻小伙子是谁,约瑟芬妮?

约瑟芬妮 是威尔弗里德。他在清洗他父亲的遗体。他要把他安葬在这里。

父　　亲 您好,威尔弗里德。

威尔弗里德 您好,先生。

父　　亲 我对您父亲的事感到抱歉。我感谢您愿意让我当一会儿她的父亲。

约瑟芬妮 该表示感谢的是我,先生,感谢您愿意当我的父亲。

父　　亲 希望我对您来说是一个好父亲。

约瑟芬妮 威尔弗里德,你之后要做什么?

威尔弗里德 没有之后,约瑟芬妮!

约瑟芬妮 你不想跟我们在一起吗?

威尔弗里德 我跟你们没有关系。

约瑟芬妮 可是你和我,我们是一样的,你说过。

威尔弗里德 这又能改变什么呢……我,我只是一个角色,一个住在梦中世界的人。但是,最近发生了一个奇怪的变故,让我不得不急匆匆地来到现实世界。

约瑟芬妮 我也是,我也是被现实世界淹没的一个角色,威尔弗里德！吻我……被生活勾勒出的角色（她吻了他），吻我。

威尔弗里德 别在这里。

约瑟芬妮 就在这里。其他人都在那里，远处，我们能听到他们的笑声、他们的叫声，他们发现了大海，发现了波涛汹涌的海浪，发现了一直延伸到地平线的天空，他们在远处！吻我！

她吻了他。

威尔弗里德 别在这里。别在他面前。

约瑟芬妮 就在他面前。就在他面前。给我一个生命的迹象，吻我！你在这里清洗你父亲的遗体，你在死亡的气息中沉溺得太久！别管死人了，吻我，威尔弗里德，吻我！

他们接吻。

42. 宣叙调二

在威尔弗里德与约瑟芬妮接吻期间。

父　　亲 我的奥德赛结束了。

我回到了港口。

我的故乡把我带回了我的故乡。

路很长，但是回报丰厚。

我听到了海浪声

缱绻着拍打着海岸。

我听到了它们,那些海浪,

喘息着,喘息着,喘息着,喘息着,喘息着

喘息着追寻那永远也不会到来的高潮。

能在这里可真好。

听着大海涌起的愤怒,

带着疯癫的欲望,

想象着它是这世间举向天空的性器官,

然后,

潜进它的深处,

沉入更远的深处,

那个从未有人知道该如何去往的地方,

下沉,下沉,下沉,下沉,

一直下沉到上帝沉默之境,

然后,

就在溺亡之前,

以令人惊叹的方式向海面上升,上升到更远处,

向天空,

向另一个深处,

被太阳劈开,

与风搏斗,

与海浪一起涌动，

在浪花上奔跑，

直至覆灭，为爱精疲力竭。

这一切都不再属于我。

从此，

我将直直地伫立，向着无限

那通往无限高的高处、无限低的低处的无限，

人们可以猜到

那向北、向南、向东、向西的无限，

我就那么惊异地伫立着，

带着那无法去往更远处的无力。

我是多么想远行，活着，

能够在水上行走的，也有我。

沿着这条路，

去体味那种感觉，

那种当鲸鱼、海豚、鲨鱼和巨型海龟

游向海面时体会到的感觉，

我唯一能寄予希望的是我的身体，

一旦被扔进海里，

就可以游弋到那些被称为暗礁的石头边，

它们将我拦下

然后在那里,
我的根将扎入海藻的根中,
我会成为章鱼、海胆和海星们的朋友。
因为我不想让自己的身体飘摇,
我不想,我不想。

我今天怎么会如此不安?
海在这里,可我很不安。
今晚的月亮在哪里?
我觉得不安。

43. 地平线

西蒙娜、阿魅、马斯和萨贝返回。

萨　　　贝　威尔弗里德,看,我们洗了海水浴,水很暖和!连阿魅都没能抵挡它的召唤,把头扎进了海水的泡沫里!我们的生命在安葬这具遗体的过程中转动着。明天,我们将继续上路,我们将沿着海岸线一直到达下一个城市,然后再到下一个国家,然后,为什么不再到达下一个大洲?

约瑟芬妮　那这些电话人名录怎么办?

萨　　　贝　我们带着它们,直到找到一个属于它们的地方。

马　　　斯	属于它们的地方。
西　蒙　娜	也把它们安葬。
阿　　　魅	噢不！妈的！咱们不会是要在安葬某个人或安葬某个东西中度过余生吧？

你们看看地平线，我希望自己能像地平线一样！我想说出这样的话：明天我们去干这个吧，我们去干那个吧！我想在十个世纪后这么说，在一百年后这么说，在十年后这么说，在十个月后这么说，在十天后这么说，十个小时后，十分钟后，一眨眼之后！

威尔弗里德　那眼下，我们从安葬这具遗体开始。然后，我们安置那些电话人名录。我清洗了我父亲的身体。给，现在该由你们清洗你们的父亲了。

44. 宣叙调三

威尔弗里德出去。

阿魅、萨贝和马斯清洗着父亲的遗体。

父　　　亲　啊！如果我能成为大海上空的一只白色鸟儿该多好。
我会飞进光的褶皱里。
我经历过真正的孤独，

我终于能知道云将去往何方，
我将看到巨大的冰川，
向着未知的地方前行。
我将栖息在老物件的秘密里。

你们这些围着我转的人是谁？
你，那个闭着眼睛的人，
别低头，
我认得你。
你是那个在路的拐角处杀害我的人。
双手沾满鲜血
你的心精疲力竭，
你的世界精疲力竭，
阿魅，
把你的那些枷锁都解开，睁开眼睛。
因为我要告诉你，
就如一只野蛮的狗，死亡咬人。
它撕下我们身上褴褛的衣服。

你也是，我认得你。
你是那个眼睛大睁的孩子。
当那些男人把我鲜血横流的头颅

放进你作为孩子的双手间

你站着

双眼盯着刽子手。

萨贝,

你未曾有过卑微的目光

你未曾有过焦灼的目光

你依然

竭尽全力地做着原来的那个你。

当我的头

被扯下

放在你的双手间。

你心所在的位置有一颗钻石

不要让任何人在你背后说:

"看那个目光阴沉的孩子走了。

他不豁达,他的心门紧闭着。"

轮到你靠近

那个我曾经

放弃的人。

你可以看着别人的眼睛坚定地说:

"我是那个无法跟你们说同样话的人,

因为我没有父亲。"

马斯，你来，人类的孩子

我亲吻我笑着的孩子，将他紧拥在怀，

我听见世界沉闷的风声，他们两个一起呼唤着我们，

我真的要离开，去往彼岸，

我留你在这里，我走了，

愿你的笑声把时光点亮。

我们会再相聚，父亲和儿子，

我们会再相聚，男人和孩子。

白日落幕，

光芒落幕，

生命落幕，

坟墓落幕……

我是那艘船，

瞭望员在上面呼喊：

"陆地！"

好了，预计时间已到，

我该靠岸。

可是没有那能阻止我随波逐流的锚，

我满心惶恐。

45. 吉霍莫兰骑士

威尔弗里德沿着海滩行走。

骑　　士	你叫我，威尔弗里德?
威尔弗里德	是的。
骑　　士	我知道你想对我说什么。
威尔弗里德	我知道你知道。
骑　　士	那就没必要说出来。
威尔弗里德	我需要说出来。
骑　　士	这只会平白给我带来伤害。(停顿)所以结束了?
威尔弗里德	是的，结束了。
骑　　士	你长大了。别哭。
威尔弗里德	看着我，骑士。从今天起，再也没有人把我叫作他的儿子! 从今天起，有一种疼痛将如影随行，我毫不怀疑。我希望你永远不要隐形，这样我才能更好地面对疼痛。你作为梦的化身，让我看不清生命。
骑　　士	亚瑟王刚刚康复。
威尔弗里德	他用圣杯里的水清洗了父亲的身体。他的心得以喘息。他变得更加清醒。
骑　　士	起风了。

威尔弗里德　不久之后,当我们将我父亲的遗体交给大海时,你将重新成为你一直都是的那个天使。你隐形的时候,我能更好地感知你。

骑　　士　你希望我收拾行囊,缴械投降?

威尔弗里德　不是这个意思!正如我对你说的,我想去生活。

骑　　士　我没拦着你!

威尔弗里德　我得一个人面对。

骑　　士　没有我,你怎么办?

威尔弗里德　我没有选择。

骑　　士　我不能把你丢下。

威尔弗里德　别担心,我学到了很多你展示给我的东西,尤其是学会死去,那是最重要的一课。可是现在,我将要学习生命中最难的一课,我得一个人,没有人护着,什么也没有,轮到我在无所依托的悬空中行走,不要什么幽灵牵着我的手,要的是心中深藏的一种精神。请成为这种精神,请成为我路上的那个天使,我的灵魂将永远牵挂的那颗星星。

骑　　士　威尔弗里德,即使无形,即使在你父亲坠落海底,我被拖进天空深处的那一刻,即使这是我们最后一次相见,我向你发誓,威尔弗里德,纵使我们的内心满是荒芜,我们也将永远对彼此忠

> 诚。我对你的友情是如此之深,无论你怎么样,我都会一直做你的后盾。你的友情于我是如此之纯,你只需要张口,就能让我这个可怜的梦踏上征程。威尔弗里德,没有什么比连接我们彼此的梦更强大。

威尔弗里德 童年结束了,骑士,我会想念你的。

骑　　士 看天空,有一群鸟在一束美妙的光影里跳舞。

威尔弗里德 一束散射光。

骑　　士 是的,散射光!最后一次拍摄的时间到了。

46. 更衣

拍摄。

父　　亲 我不想去漂泊!
让海浪把我的身体撕碎。
威尔弗里德!!
别把我扔得那么远,远离一切!
别把我丢弃在浪潮中!
别把我不做任何捆缚地扔进海里!
我不想如海浪所希望的那样被它们带走。
像一只长着疥疮的狗,
或是一艘船的残骸,

以不知什么样的方式被带到不知什么样的地方。

被野蛮的鱼

被来往船只的螺旋桨

被暗礁

粉碎，沉入这片一望无垠里，

我不想。

停止！！

我不想因为偶然去往浪涛中。

我更希望你们把我留给太阳，让我腐烂，骨头被沙石吞噬。

我不想被随意拖拽，或者你们焚烧了我。

西　蒙　娜　我们不想焚烧了你。

父　　　亲　如果你们找不到一种能把我留在海水深处的办法，那就埋了我，或者把我丢弃在岸边。

萨　　　贝　整片沙滩没有一块岩石。

父　　　亲　我不管！你们是活着的，而我，死了。该由你们找！由你们！由你们来帮我！我死了，而且我说不了话！

约 瑟 芬 妮　我知道怎么办，我有一个锚，坚固无比的锚。把这些包交给他。我们在寻找一个守护者和一个地方，我们将拥有最忠实的守护者！给，这个包里装着北部地区所有人的名字。

西 蒙 娜	给。这一包,是住在东边的人的名字。
阿 魅	拿着。我这包里装着所有住在海边的人的名字。
马 斯	我这里面有所有住在山上的人的名字。
威尔弗里德	在我这里面,有住在宽广平原上的人的名字。
约瑟芬妮	别担心。我把它们保护得很好。
萨 贝	拿着!这个包里装着南部地区所有人的名字。
约瑟芬妮	你紧紧抓牢它们,它们会把你留在你国家的土地上。

他们帮他背上包。

威尔弗里德　在下面,你或许会碰上一位神灵或一个妖怪,一个天使或者只是些毫不起眼的鱼。至于我,我希望你能找到一只老狗的灵魂,让它趴下来陪伴在你身旁。你将不再是死人,而是变成守护者,因为我们把这个牧群托付给你,请成为它的守护者。那么为了永恒,为了我们,请重新成为牧群的守护者。

47. 牧群的守护者

父亲走进了海里。

父　　亲　我的灵魂得到了安慰,
　　　　　可我感到一种巨大的不安。

我将与深处的平静融合。

我有故乡的人的名字为伴。

在那里,在鱼群间,我将成为牧群的守护者。

我要把你们独自留在这里。

永别了,孤儿们。

即使需要成为一个愤怒的疯子才能勉强活下去,

我把土地托付给你们,

我把生命托付给你们。

浪潮带着我走,

大海吞噬着我,

我将去往那个国度,那里的一切都与我们相像。

从此我将在水中行走。

威尔弗里德、西蒙娜、阿魅、马斯、萨贝、约瑟芬妮

时间到了,你们该继续上路了。

沿着这些路前行,

倾尽全力地走,

在天亮之前离开

愤怒,喷薄的愤怒,

在路的尽头,

在城市的尽头,

在国家的尽头,

在欢乐的尽头,

在时间的尽头。

就在那些爱与痛苦之后

欢乐和泪水

失去和呼喊

有海边,也有大海,

大海

会带走一切

会把我带向别处,

带走我,带走我,带走我,

带走我,带走我,带走我,

带走我,带走我,带走我,

带走我,带走我,带走我,

带走我,带走我,带走我,

带走我……

焦土之城

Incendies

2003

献给娜伊拉·穆瓦德和娜塔丽·苏勒坦，
她们一个是阿拉伯人，一个是犹太人，
都是与我血脉相连的姐妹。

——瓦日迪·穆瓦德

人　物

娜瓦尔

让娜

西蒙

埃赫米勒

安托万

萨吾妲

尼哈德

娜瓦尔的焦土

1. 公证人

白天，夏日。公证人的办公室。

埃赫米勒·勒贝尔　可以肯定，可以肯定，可以肯定的是，我更喜欢看鸟儿飞翔。现在没法自己编瞎话：在这儿，没有鸟，我们看到的是汽车和购物中心。以前，我是在这栋楼的另一头，那时候我的办公室对着高速公路。看到的虽然不是海景，但是我在自己的窗户上挂了一个广告牌："公证人，埃赫米勒·勒贝尔。"在上下班高峰期，我可是狠狠地给自己做了把广告。现在，我到了这一头，能看到购物中心。是购物中心，不是鸟。以前，我老是说成 nao，是你们的母亲教我应该念作 niao。①很抱歉。不幸刚发生，我并不是有意要跟你们谈论你们的母亲，但是总得做些什么。正如人们常说的，生活还要继续。就是这样。进来，进来，进来，别在过道上待着。这是我的新办公室。我搬

---

① 该角色在说话时常出现语无伦次、表达错误、多次重复的情况，翻译时保留了他的表达特点。

过来了。其他公证人都走了。这栋楼里就只有我一个了。这一头要舒服很多,因为噪声少,高速公路在另一头。我没了在高峰期做广告的可能,但至少我可以让自己的窗户开着,因为我现在还没装空调,所以正好。

是的。嗯。

可以肯定,这不容易。

进来,进来,进来!别在过道上待着呀,那是个过道!

但同时我理解,我理解大家不太想进来。

如果是我,我可能也不会进来。

是的。嗯。

可以肯定,可以肯定,可以肯定的是,我多么希望能在另一种情境下与你们相遇,但是天不由人,世事无常。死亡,毫无信用,它会毁灭所有誓言。我们以为它会来得晚一些,可它说来就来。我喜欢过你们的母亲。我开诚布公地跟你们说:我喜欢过你们的母亲。她经常跟我说起你们。不,实际上并不经常,但是她曾经跟我说到过。一点儿。偶尔。像这样。她说:那对双胞胎。她说双胞胎姐姐,也经常说双胞胎弟弟。你们知道你们的母亲是怎样的人,她从不对任何人说任何事。我想说的是，在她开始一句话都不说之前，她已经什么都不怎么说了，她从没跟我说过任何关于你们的事。她以前就是这样。她死的时候，天下起了雨。我不知道为什么。下雨让我很难过。在她的国家，从来都不下雨，还有一份遗嘱，我都没法向你们形容那感觉有多么糟糕。一群鸟和一份遗嘱，可以肯定的是，不是一回事。这很别扭，也很奇怪，却必不可少。我想说的是，这让人不舒服，却必不可少。对不起。

他突然哭了起来。

2. 最后的愿望

几分钟后。

公证人，双胞胎弟弟，双胞胎姐姐。

埃赫米勒·勒贝尔 娜瓦尔·马万女士的遗嘱。参加遗嘱登记宣读会的见证人是谭晓风先生——南越汉堡餐厅的老板和服务员苏珊·拉蒙田女士。

就是楼下那家餐厅。我当时下楼去找的谭晓风。然后他就带着苏珊上来了。谭晓风的妻子慧霍晓风看着店。现在那家餐馆已经关门了。关了。谭老板死了，慧霍晓风改嫁给了这里的一个职员——赫埃尔·布沙德,他那时在我同行伊万·瓦充公证人那里工作。生活就是这么难以预测。无论何时何地。

遗嘱需要在两个孩子面前打开:让娜·马万和西蒙·马万,两个人都22岁,都在1980年8月20日生于埃马尔城的圣弗朗索瓦医院,就在离这里不远的地方。

根据立遗嘱人的遗愿,依据法律条例以及娜瓦尔·马万女士的权利,公证人埃赫米勒·勒贝尔被委任为遗嘱执行人。

我必须告诉你们,这是你们母亲的决定。我个人是不同意的。我建议她不要这么做,可她很坚持。我本来是可以拒绝的,可是我没能做到。

公证人打开了信封。

我所有的遗产都将平分给让娜和西蒙·马万——这对从我肚子里出生的双胞胎。钱将平均地分给他们两个,我的那些家具将根据他们两个人的喜好以及他们之间达成的协议分配。如果有争议或者达不成共识,遗嘱执行人需要把这些家具卖掉,得来的钱平分给这对双胞胎。我的衣服将捐献给由遗嘱执行人选择的公益机构。

我把带黑色羽毛的钢笔赠送给我的朋友——公证

人埃赫米勒·勒贝尔。

我把后背印着72的绿色布外套赠送给让娜·马万。

我把红色的本子赠送给西蒙·马万。

公证人拿出了这三样东西。

葬礼。

写给公证人埃赫米勒·勒贝尔。

公证人兼友人,

请带着双胞胎

埋葬我,赤裸裸地

埋葬我,不要棺木

不要穿衣,不要装殓

不要祷告

面朝黄土。

把我放进一个洞的深处,

脸朝大地。

作为道别

你们每个人

向我洒一桶清水。

之后撒上土,封上我的墓。

石碑与碑文。

致公证人埃赫米勒·勒贝尔。

公证人兼友人,
我的坟前不要立任何石碑
我的名字不要刻在任何地方。
不遵守誓言的人没有碑文。
有一个誓言没被遵守。
保持沉默的人没有碑文。
曾保持沉默。
不要石碑
不要刻在石碑上的名字
不要在缺失的石碑上为缺失的名字而刻的碑文。
不要名字。

写给让娜和西蒙、西蒙和让娜。
童年是一把插进喉咙里的匕首。
要拔出来并不容易。

让娜,
公证人勒贝尔会给你一封信函。
这封信不是给你的。
而是给你的父亲。
你和西蒙的父亲。
找到他,把这封信交给他。

> 西蒙，
>
> 公证人勒贝尔会给你一封信函。
>
> 这信封不是给你的。
>
> 而是给你的哥哥。
>
> 你和让娜的哥哥。
>
> 找到他，把这封信交给他。
>
> 当这些信函交到了收件人手上
>
> 你们会收到一封信
>
> 沉默会被打破
>
> 我的坟前就可以立起一块石碑
>
> 我的名字将被刻在太阳下的石碑上。
>
> **长久的沉默。**

西　　蒙　她真是直到最后一刻都不放过我们！那个贱货！臭不要脸的！浑蛋贱货！狗娘养的！婊子！直到最后一刻，她都不放过我们！这么久以来，我们每天都在说等她死了以后，那个贱货，不会再烦我们，不会再拿那些烂事儿恶心我们！现在，bingo！①她终于死了！然后，surprise！②还是没有结束！妈的！

---

① "好！"
② "惊不惊喜！"

>我们可没料到会有这一手!他妈的,我没想到会来这一手!她精心筹划了这一出,用尽心机,这个臭不要脸的!我真想鞭尸!You bet① 我们要把她面朝黄土安葬!You bet!我们要朝上面吐唾沫!
>
>沉默。
>
>反正我,无论如何,我会吐唾沫!
>
>沉默。
>
>她死了,然后就在死之前,她问自己要怎么做才能进一步毁掉我们的生活!她坐着,琢磨着,然后就有了主意!立遗嘱!她那份操蛋遗嘱!

埃赫米勒·勒贝尔　她五年前就写好了!

西　　蒙　我才不在乎她是什么时候写的,好吗?

埃赫米勒·勒贝尔　听着!她死了!你们的母亲死了!我想说的是,她是一个离世的人,一个我们并不怎么了解的人,可至少她曾经是一个人。一个曾经年轻过,曾经成熟过,曾经年老过,然后离世的人!这一切一定会有一个解释!这并非无足轻重!我想说的是,这个女人这一生过得很充实,上天呀,这个女人,她在某些地方一定是有某些价值的!

---

①　"瞧着吧"。

西　　蒙　我不会哭的！我向您发誓，我不会哭的！她死了！嘿！我们不在乎，妈的！我们才不在乎她死了！我不欠她的，不欠这个女人的。没有一滴泪，一滴也没有！人们爱怎么说就怎么说！说我母亲死的时候我没哭！我要说，那就不是我母亲！什么都不是！没人在乎你是怎么想的，有人在乎吗？我可不要开始装样子！开始为她哭！她什么时候为我哭过，为让娜哭过？她的心那里有的不是一颗心，而是一块砖头。我们不会为一块砖头哭，我们不哭。没有心！一块砖，妈的，一块砖！我不想再听人提起她！我什么都不想知道！

埃赫米勒·勒贝尔　可是她向你们表达了心意。你们的名字写在这里，在她生命最终的愿望里……

西　　蒙　Big deal！①我们是她的孩子，可是您比我们更了解她！Big deal 我们的名字写在那儿！Big deal！

埃赫米勒·勒贝尔　信函、本子、钱……

西　　蒙　我不想要她的钱，我不想要她的本子……如果她以为靠她的这个操蛋本子就能打动我！她可真是有一手，这个女人！她最后的愿望！找到你们的父亲和你们的哥哥！如果这么紧急，她为什么不

---

① "又能怎么样！"

自己去找？妈的！她为什么没照顾过我们一点儿呢，他妈的，非得在什么地方搞出另一个儿子？为什么在她的操蛋遗嘱里，她从没用*我的孩子们*来称呼我们？！也没用儿子、女儿！我不是个傻帽！我不是个傻帽！她为什么说双胞胎？！"双胞胎姐姐、双胞胎弟弟，从我肚子里出来的孩子"，就好像我们是一堆呕吐物，是她必须拉出来的一泡屎！为什么？

埃赫米勒·勒贝尔　听我说，我理解！

西　　　蒙　你能理解什么，蠢货！

埃赫米勒·勒贝尔　我非常能理解，在听到刚才的那些内容后，可能会四脚朝天地问自己究竟发生了什么，我们是谁，为什么不，是我们①。我理解，我想说我理解！我们不是每天都能得知这样的消息，我们本以为已经去世的父亲却还活着，在这个世界的某个地方竟然还有一个哥哥！

西　　　蒙　没有父亲，没有哥哥，无稽之谈！

埃赫米勒·勒贝尔　不然不会出现在遗嘱里！不会拿这样的事情开玩笑！

西　　　蒙　您不了解她！

---

①　他本来想表达的是"为什么是我们"。

埃赫米勒·勒贝尔　我以不同的方式了解了她!

西　　　蒙　不管怎样,我都不想跟您讨论!

埃赫米勒·勒贝尔　需要信任她!

西　　　蒙　我没这个想法……

埃赫米勒·勒贝尔　她是有缘由的。

西　　　蒙　我不想跟您讨论!我十天之后有拳击比赛,我什么都不想知道!我们去把她埋了,就这样!我们去找个殡葬服务中心,我们买一口棺材。我们把她放进棺材里,把棺材放进坑里,把土填进坑里,在土上立个石碑,在石碑上写上她的名字,然后就行了!

埃赫米勒·勒贝尔　这是不可能的,这不是您母亲的遗愿,我不会允许有人违背她的遗愿。

西　　　蒙　你,你算老几,你反对?

埃赫米勒·勒贝尔　我算,很遗憾,她遗嘱的执行人,我对这个女人的看法跟您不一样!

西　　　蒙　您怎么就能把这个当真呢?我想说的是!持续十年,她花大把时间去法院旁听那些无休无止的有关变态、恶棍及各种类型杀人犯的诉讼,然后一夜之间,她闭上了嘴,再也不说一个字!五年不开口说话,这他妈的也太长了!没有一句话,没有一个声响,再也没有任何东西从她的嘴里说出来！她短路了，跳闸了，如果您愿意，甚至可以说她是一个被灭了火线的炸药包，她给自己造了一个死了很久居然还健在的丈夫，还有一个从来就没存在过的儿子，一个她渴望能拥有的特别棒的完美无瑕的孩子，一个能让她有能力爱上的孩子，这个贱货，现在，她想让我去找他！如果在发生这一切之后，您还能跟我说什么她最后的愿望……

埃赫米勒·勒贝尔 冷静！

西　　蒙 如果在发生这一切之后，您还能说服我，这是某个头脑清醒的人的遗愿……

埃赫米勒·勒贝尔 冷静！

西　　蒙 操！操他妈的……

　　　　　沉默。

埃赫米勒·勒贝尔 可以肯定，可以肯定，可以肯定的是，您得承认，您也会按照自己的意愿处理事情……我不知道，这与我无关，您说得有道理，她长时间的沉默，没让我们明白是为什么，是的，是的，这个举动乍看上去很疯狂，可也许并不是！我想说的是，也许有别的事情；我不想惹恼您，可如果这真的是一个头脑一热的发疯举动，那她就不会再次提及。然后几天前，就在几天前，或者说几夜前,您知道的,您不能否认它,有人给您打电话了,她说话了。您不能跟我说那只是一个巧合,偶然性!我不相信这个,我不信!我想说的是,那是她馈赠给您的一份礼物!她能送给您的最美好的礼物!我想说出它的重要性!就在您出生的那个日子那个时辰,她重新开始讲话了!她说的是什么呢?她说:"现在我们在一起,就好多了。""现在我们在一起,就好多了。"这不是一个普通的句子!她说的不是"嗨!我想要一根加洋葱、酸黄瓜、芥末酱的热狗",或者"把盐拿给我"之类的话,不是!"现在我们在一起,就好多了!"嘿!护士听到她说了。他听到了。他为什么要编造呢?他不可能,不可能编造出如此真实的东西。您清楚,我知道,所有人都知道,类是(似)的话,很像似(是)她说的![1]可是,对,我同意您说的!确实!她这么多年没说过话。我赞同您说的,如果她一直持续那样的状态,我会赞同您的话,我也会有所怀疑。这就是为什么我说您有道理!但是,不应该忘记这句话,我觉得应该充分重视它。她做了一个理性的行为。"现在我们在

---

[1] 此处翻译保留人物说话时的发音错误。

一起，就好多了！"您不能说它不存在、否认它。不能否认您的生日！我们不能否认这样的事情。现在可以肯定，可以肯定，可以肯定的是，您有自由做您想做的事，您也有自由不回应您母亲的遗愿。没有什么对您来说是必需的。可是您也不能强求别人做一样的事情。强求我，强求您的姐姐。事实在那里：您的母亲向我们三个人中的每一个人要求了一件事，这些是遗愿，每个人做他想做的。即使是死刑犯也有权拥有遗愿。为什么您的母亲不能有……

西蒙离开。

信函在我这里，我会保留着它们。今天您不想谈论这个，可是也许过一段时间可以。罗马不是一日建成的。需要留一些时间。您任何时候都可以给我打电话……

轮到让娜离开。

3. 图论与外围视觉

让娜讲课的教室。投影仪。

让娜打开投影仪。

开始上课。

让　　娜　我今天无法告诉你们，你们之中有多少人能够通过正等待着你们的考试。到目前为止，你们所认知的数学都是以从一个严密且确认的问题出发，从而给出一个严密且确认的答案为目标。你们在学习这门图论导论课时所接触的数学则有着另一种特质，因为它的特点在于，一个无解的问题总会将你们带入另一个同样无解的问题。你们身边的人会不停地跟你们说你们在做无用功。你们说话的方式将改变，改变更多的是你们沉默和思想的方式。而正是这一点让人们很难宽恕你们。人们会经常批评你们把聪明才智浪费在抽象理论上，而不是用在能让人受益的对艾滋病的研究，或者是对癌症治疗的研究上。你们不会有任何理由为自己辩护，因为你们的理由本身就是令人精疲力竭的复杂理论。欢迎来到纯粹的数学领域，换句话说，来到孤独的国度。图论导论。

训练室。西蒙和哈尔夫。

哈　尔　夫　你知道为什么你输掉了最后一场比赛吗，西蒙？还有你知道你为什么输掉你倒数第二场比赛吗？

西　　蒙　我状态不好，就是全部原因。

哈　尔　夫　可不是这个样子，你能拿到竞赛资格。戴上你的手套。

让	娜	我们以一个简单的多边形为例，以 A、B、C、D、E 命名它的五个角。把这个多边形命名为 K。想象一下这个多边形代表着一个家庭的房屋图纸。在这个房子的每个角落都有一名家庭成员。暂时把 A、B、C、D、E 替换成同住 K 边形的祖母、父亲、母亲、儿子、女儿。那么我们的问题是：站在自己视角的人，能看到谁？祖母看到父亲、母亲和女儿。父亲看到母亲和祖母。母亲看到祖母、父亲、儿子和女儿。儿子看到母亲和妹妹。最后妹妹看到哥哥、母亲和祖母。
哈尔夫		你不看！你眼盲！你看不到你对面那个家伙腿上的动作！你看不到他的防守……我们称之为外围视觉问题。
西	蒙	好，可以了！
让	娜	我们称这个应用为多边形 K 家庭理论应用。
哈尔夫		热身！
让	娜	现在把房子的墙拆掉，只在能相互看见的成员之间画弧。我们画出来的那幅图被称作多边形 K 的可视图。
哈尔夫		有三件事情要观察。
让	娜	所以在接下来的三年里，我们需要兼顾三个参数：多边形的理论应用……

哈 尔 夫　最强的人是你!

让　　娜　多边形的可视图……

哈 尔 夫　对你面前的那个家伙不能留一点情面。

让　　娜　最后,多边形及其特质。

哈 尔 夫　如果你赢了,你就是专业拳击手!

让　　娜　问题如下。对于所有简单的多边形,我们可以很容易地——就像我们刚才所展示的那样——描绘它的可视图,以及描绘出它的理论应用。现在我要如何从一个理论应用出发,比如这一个,绘制出它的可视图并找到与之匹配的多边形?这个应用所代表的这个家庭的成员们居住的房子是什么形状的?试着画出这个多边形。

　　　　　咣。西蒙迅速出拳打向教练的拳。

哈 尔 夫　你人就没在这儿,你注意力不集中!

西　　蒙　我母亲死了!

哈 尔 夫　正因为如此!能让你走出来的最好方式就是赢得下一场比赛!所以,起来!打!不然你永远也做不到!

让　　娜　你们做不到!所有的图论都主要卡在了这个不可能解决的问题上。可妙就妙在这种不可能。

　　　　　咣。训练结束。

焦土之城

4. 要解决的问题

晚上。公证人的办公室。

埃赫米勒·勒贝尔和双胞胎姐姐。

埃赫米勒·勒贝尔　可以肯定,可以肯定,可以肯定的是,生活中,有时候,就是这样,需要行动。身体力行。我很高兴您又回来了。替您的母亲感到高兴。

让　　娜　您有那封信函吗?

埃赫米勒·勒贝尔　就在这里。这封信函不是给您的,而是给您的父亲。您的母亲希望您能找到他,并把信交给他。

让娜准备离开办公室。

埃赫米勒·勒贝尔　她还向您赠送了这件后背印着72的绿色布外套。

让娜接过衣服。

您相信您的父亲还活着吗?

让娜走了出去。过了一会儿,让娜回来。

让　　娜　在数学中,1加1不等于1.9或者2.2。它们等于2。无论您相不相信,它们都等于2。不管您心情愉悦还是悲伤,1加1等于2。我们都属于一个多边形,勒贝尔先生。我以为自己知道自己在所属的多边形里的位置。我以为自己在那个只能看到我的弟弟西蒙和母亲娜瓦尔的角度。今天，我得知在我所处的视角，我也能看到我的父亲。我还得知在这个多边形里还有另一个成员存在，另一个兄弟。我曾经一直绘制的可视图是错的。我在这个多边形里的位置是什么呢？为了找到答案，我需要论证一个猜测。我的父亲死了。这就是猜测。所有的信息都指向这是真的，可是没有什么能够证明。我没见到他的遗体，没见过他的坟墓。所以在1和无限之间，我的父亲或许还活着。再见，勒贝尔先生。

让娜离开。娜瓦尔（14岁）在一间办公室里。

埃赫米勒·勒贝尔从办公室里出来，在走廊里喊。

埃赫米勒·勒贝尔 让娜！

娜　瓦　尔 （呼喊着）瓦哈布！

埃赫米勒·勒贝尔 让娜！让娜！

埃赫米勒·勒贝尔回来，拿出手机拨了一个号码。

娜　瓦　尔 （呼喊着）瓦哈布！

瓦　哈　布 （远远地）娜瓦尔！

埃赫米勒·勒贝尔 喂，让娜？/我是公证人勒贝尔/我刚刚想起一件事！

娜　瓦　尔 （呼喊着）瓦哈布！

瓦　哈　布　（远远地）娜瓦尔！

埃赫米勒·勒贝尔　您母亲跟您父亲认识的时候，她年纪很小。

娜　瓦　尔　（呼喊着）瓦哈布！

埃赫米勒·勒贝尔　我告诉您这个信息，我不知道您是否知道。

瓦　哈　布　（远远地）娜瓦尔！

5. 在那里的人

黎明，森林，岩石。白色的树。娜瓦尔（14岁）。
瓦哈布。

娜　瓦　尔　瓦哈布，听我说。你什么都别说。不。别说话。如果你跟我说一个字，仅仅一个，你可能会杀了我。你还不知道，你还不知道那幸福将成为我们的不幸。瓦哈布，我觉得当我让那些话脱口而出的那一刻，你也将死去。我将缄默不语，瓦哈布，那么向我发誓，什么也别说，求求你，我累了，求求你，保持沉默。我将缄默不语。什么都别说。什么都别说。

她沉默。

我呼喊了你一个晚上。我奔跑了一个晚上。我知道我能在白色树下的石头边找到你。我多么想大声呼喊，让整个村庄都听见，让树木听见，让夜晚听见，让月亮和星星听见。可是我不能。我只能凑到你耳边告诉你，瓦哈布，之后，我不能再要求你待在我的怀抱里，尽管这是我在世上最深切的渴望，尽管我深信如果你在我之外的地方存在，我将永远都是不完整的，尽管，我刚走出童年就遇到了你，你，跟你在一起我才真正地投入了我真实生命的怀抱，我不能再向你要求任何东西。

他吻她。

我肚子里有一个孩子，瓦哈布！我肚子里装满了你。这让人感到眩晕，不是吗？这多么美好又是多么可怕，不是吗？这是一个深洞，这就像自由之于野生的鸟儿，不是吗？没有语言可以形容！只有风！当我听到老爱拉姆告诉我的时候，一片汪洋在我脑中炸开了。一种灼热的感觉。

瓦 哈 布　也许爱拉姆弄错了。

娜 瓦 尔　爱拉姆不会弄错。我问她："爱拉姆，你确定吗？"她笑了。她抚摸了我的脸颊。她对我说，四十年来，她接生了村子里所有的孩子。她把我从我母亲的肚子里接生出来，她把我的母亲从她母亲的肚子里接生出来。爱拉姆不会弄错。她向我承诺不会告诉任何人。"这是与我无关的事情，"她说，"但最晚两周后，你就藏不住了。"

瓦　哈　布　我们不藏着。

娜　瓦　尔　他们会杀了我们。你首当其冲。

瓦　哈　布　我们去跟他们解释。

娜　瓦　尔　你觉得他们会听吗?

瓦　哈　布　你在害怕什么,娜瓦尔?

娜　瓦　尔　你不害怕吗,你?

停顿了一段时间。

把你的手放上来。这是什么?我不知道这是不是愤怒,我不知道这是不是恐惧,我不知道这是不是幸福。我们将会在哪儿,你和我,五十年之后?

瓦　哈　布　娜瓦尔,听我说。今夜是一份礼物。我也许没有说出这些话的头脑,可是我有一颗心,而且它很坚固。它有耐性。他们会吼叫,我们就让他们吼叫。他们会咒骂,我们就让他们咒骂。都不重要。到最后,等他们吼叫过了,咒骂过了,留下的是你、我,还有一个孩子,你和我的。你的脸庞、我的脸庞在同一张脸庞上。我高兴得想笑。他们会打我,可是,在我的脑海深处会有一个孩子,永远在那儿。

娜　瓦　尔　现在我们在一起,就好多了。

瓦　哈　布　我们会一直在一起。回家吧,娜瓦尔。等他们醒来,当他们看到你在黎明时分坐着等待着他们,他们会听你说话,因为他们知道有重要的事情发生了。如果你害怕,就想着在同一时刻我会在自己家,等着所有人醒来。我会告诉他们。天就要亮了。想着我就像我想着你,别在浓雾中迷了路。别忘记:现在我们在一起,就好多了。

瓦哈布离开。

6. 扼杀

娜瓦尔(14岁)的家。

母亲和女儿。

吉 哈 娜　这个孩子跟你没有关系,娜瓦尔。

娜 瓦 尔　他在我的肚子里。

吉 哈 娜　忘记你的肚子!这个孩子跟你没有关系。跟你的家族没有关系,跟你的母亲没有关系,跟你的生活没有关系。

娜 瓦 尔　我把手放在这里,我已经看到了他的脸庞。

吉 哈 娜　你看到的不算数!这个孩子跟你没有关系。他不存在。他不在这儿。

娜 瓦 尔　爱拉姆告诉我的。她告诉我:"你怀了一个孩子。"

吉 哈 娜　爱拉姆不是你的母亲。

娜 瓦 尔　她告诉我了。

吉　哈　娜　不管爱拉姆对你说了什么。这个孩子不存在。

娜　瓦　尔　他什么时候能存在？

吉　哈　娜　他什么时候都不存在。

娜　瓦　尔　我不明白。

吉　哈　娜　擦干你的眼泪！

娜　瓦　尔　是你在哭！

吉　哈　娜　不是我在哭，是你的全部生活付之一炬！你从远处回来，娜瓦尔，你带着你隆起的肚子回来，你带着孩童般的身躯笔直地站在我面前，为了对我说：我在爱着，我所有的爱都在我肚子里。你从森林里回来，你说是我在哭。相信我，娜瓦尔，这个孩子不存在，你将忘记他。

娜　瓦　尔　人忘不了自己腹中的生命。

吉　哈　娜　人忘得了。

娜　瓦　尔　我做不到！

吉　哈　娜　那你就选择，留着这个孩子，那就马上——马上脱掉你穿在身上不属于你的衣服，离开这座房子，离开你的家人、你的村庄、你的山峦、你的天空和你的星星，离开我……

娜　瓦　尔　妈妈。

吉　哈　娜　要么脱掉衣服，要么跪下。

娜瓦尔跪下。

你一直在房子里待着,就像这个生命在你身体里一样。爱拉姆会从你的肚子里把这个孩子接生出来。她会带走孩子,把他送给她想送给的人。

7. 童年

娜瓦尔(15岁),独自一人在房间里。

娜 瓦 尔　现在我们在一起,就好多了。现在我们在一起,就好多了。

娜 孜 哈　耐心些,娜瓦尔。就只剩一个月。

娜 瓦 尔　我应该离开的,外婆,不该下跪,该留下衣物,留下所有的东西,离开家,离开村庄,离开一切。

娜 孜 哈　降临在我们身上的一切都是不幸。娜瓦尔。我们身边就没有美好。只有艰辛又伤痕累累的生命的愤怒。充斥每个街角的仇恨的印记。没有人轻声细语地谈论事情。你说得有道理,娜瓦尔,你曾经拥有赖以生存的爱情,它已成为过去,你即将拥有的孩子又将被带走。如今你一无所有。或许该与不幸斗争,不然就只能跌落其中。

娜孜哈没在房间里。有人敲窗户。

瓦哈布的声音　娜瓦尔!娜瓦尔,是我!

娜 瓦 尔　瓦哈布!

瓦哈布的声音　听我说娜瓦尔,我没有太多时间。黎明时分,他们将把我带走,远离这里,远离你。我从白色树下的岩石边来。我已经对我的童年说了永别,我的童年里到处都是你,娜瓦尔。娜瓦尔,今天晚上,童年是一把他们刚刚插进我喉咙里的匕首。我永远都会在嘴巴里尝到你血液的味道。我很想对你说,我很想对你说,这个夜晚,我的心里充满了爱,它满到要迸裂。他们都在说我爱你爱过了头;我,我不知道爱过了头是什么意思,我不知道远离你是什么意思,我不知道当你不在这儿的时候是什么意思。我应该重新学会没有你的生活。我现在明白你那时候问我的话——"五十年后,我们会在哪里?"是什么意思。我不知道。可是无论我在何方,你都将在那里。我们曾经梦想着一起看大海。那么娜瓦尔,我要对你说,我要对你发誓:等我见到它的那一天,"大海"这个词会在你的头脑中炸开,你会放声大哭,因为你会知道我在思念你。无论我在哪里,我们都会在一起。没有什么比在一起更美好。

娜　瓦　尔　我听到你说的了,瓦哈布。

瓦哈布的声音　别擦干你的眼泪,因为我一整夜都没有擦干我的,等你把孩子生下来,告诉他我对他的爱、我

娜 瓦 尔	对你的爱。告诉他。
娜 瓦 尔	我会告诉他，我向你发誓我会告诉他。为了你，也为了我。我将在他耳边低语："无论发生什么，我都会永远爱你。"我也会回到白色树下的岩石边，我也会对童年说再见，童年将是一把我自己插进喉咙里的匕首。

娜瓦尔独自一人。

8. 承诺

夜晚。娜瓦尔生产。

爱拉姆把孩子递给娜瓦尔（15岁）。

爱 拉 姆	是个男孩。
娜 瓦 尔	无论发生什么，我都会永远爱你！无论发生什么，我都会永远爱你！

娜瓦尔把一个小丑鼻子放进孩子的襁褓里。

她们拿回孩子。

爱 拉 姆	我要去南方。我会带着孩子。
娜 孜 哈	我觉得自己老了，就好像我已经一千岁。光阴流逝，如白驹过隙。日升日落，四季轮回。娜瓦尔不再说一句话，她沉默着，游荡着。她肚子里的孩子离开了，我感受到了古老土地的召唤。长久以

来，太多痛苦伴随着我。把床给我。冬天结束了，我听到了溪流中死亡的脚步声。

娜孜哈卧床不起。

9. 读书，写字，数数，表达

娜孜哈临终。

娜孜哈　娜瓦尔！

娜瓦尔（16岁）俯身。

握住我的手！娜瓦尔！

娜瓦尔，人临终的时候会有一些话想说。这些话我们希望说给那些我们爱过，也爱过我们的人……告诉他们……为了能最后一次帮助到他们……为了能给予他们找到幸福的武器！……一年前，一个孩子从你肚子里出生了，从那一天起，你就魂不守舍。别掉进那个陷阱，娜瓦尔，别对命运妥协。要说不，要拒绝。你的爱人离你而去，你的孩子离你而去。已经过去一年了，可就好像刚刚才发生。别接受命运，娜瓦尔，永远不要接受。可是要有拒绝它的能力，需要知道该怎么去表达。所以让勇气成为你的武器，还要用心去学！好好听着一个即将死去的老女人要对你说的话：学会读书，学会写字，学会数数，学会表达。学会这些。这是你不步我们后尘的唯一机会。向我发誓。

娜瓦尔　我向你发誓。

娜孜哈　两天后，他们会埋葬我。他们会把我平放在地上，面朝天空，他们会每人在我的身上洒一桶水，可是他们不会在石碑上写任何东西，因为他们之中没有一个人会写字。你，娜瓦尔，等你学会之后，你回来在我的墓碑上刻上"娜孜哈"。刻上我的名字，因为我遵守了誓言。我要走了。娜瓦尔。对我来说，已是终点。我们，我们的家族，我们家族里的女人，长久以来都深陷在愤怒的泥潭中：以前我因我的母亲而愤怒，你的母亲则因为我而愤怒，就像现在的你，因你的母亲而愤怒。你也是，你将来会把愤怒遗传给你的女儿。你要打破这个轮回，那么就要用心去学。离开这里吧。带上你的青春和你还有可能拥有的幸福，离开这个村庄。你是这座山谷的化身，娜瓦尔。你有着它的性感和它的味道。把这些带上，从这里决绝地离开，就如同人从母亲的肚子里剥离开来。学会读书，学会写字，学会数数，学会表达：学会思考。娜瓦尔。去学。

娜孜哈死去。

人们在床上为她清洗。

人们把她放进土坑。

每个人向她洒一桶水。

夜幕降临。

每个人哀悼。

一部手机的铃声响了。

10. 娜瓦尔的葬礼

墓地。白天。

埃赫米勒·勒贝尔、让娜、西蒙在墓地。

埃赫米勒·勒贝尔接电话。

埃赫米勒·勒贝尔　喂,对,埃赫米勒·勒贝尔,公证人/对,我给您打过电话;我已经试着给您打了两个小时的电话/有什么事? 正是因为这里什么都没有!说好了要在土坑前放三桶水,可什么都没有/对,是我为了水桶打的电话/这话什么意思,"有什么问题? 就没有问题"? 明明有一个很大的问题/我跟您说过需要三桶水,可是没有/我们在墓地,您想让我们在哪儿呢? 真是够了! 您是蠢还是怎么了? 我们在这儿是为了娜瓦尔·马万的葬礼/三桶水/当然是说好了的,正是这样,是说好过的;我甚至亲自来了一趟,我通知了所有人:那是一个特殊的葬礼,我们只需要三桶水。这听上去不复杂吧?我甚至对墓地负责人说:"您希望我们自己带水桶吗?"他对我说:"别顾虑这个了,我们会给您准备好的,您要操心的事儿已经够多了。"……我说好的;然后现在我们在这儿,在墓地,却没有水桶,现在可真是在让我们操心,而且要操心的越来越多……我想说的是!这是一场葬礼,不是在打一场保龄球,明白吗!我还想说的是,我们要的并不复杂:没有棺材,没有石碑,什么也没有,绝对是最少的!极简;我们简办,我们只是要了三个可怜的水桶,然而墓地行政部门没有能力应对这个挑战。我想说的是/哈哈,你说你们不习惯有人申请水桶?/可是我们没要求你们习惯,我们只是要了三个水桶!我们没要求你们创造出有四个洞的发动机/对,三个/不,不能是一个,三个/不,我们不能拿一只桶,装三次水/我们要三个桶,每个桶装一次水/对,我确定/嗯对,您希望我对您说什么呢?请您去找来。

他挂断电话。

他们会找。

西　　蒙　您为什么要做这一切?

埃赫米勒·勒贝尔　什么一切?

西　　蒙　这一切。葬礼，遗愿，为什么是您，是您来做这一切?

埃赫米勒·勒贝尔　因为这个在土坑深处，面朝黄土，一直被我称呼为娜瓦尔女士的女人，是我的朋友。我的朋友。我不知道这对你们是否有意义，就连我，也不曾想到这会对我如此重要。

埃赫米勒·勒贝尔的手机响了。

他接起来。

喂，对，埃赫米勒·勒贝尔，公证人/是，好，那么发生了什么？/他们准备了，但是放在了另一个土坑前面/行，是弄错了/娜瓦尔·马万/您的效率太高了。

他挂了电话。

每个人拿起一桶水。洒进土坑。

他们埋葬娜瓦尔，他们没有立碑就离开了。

11. 沉默

白天。一个剧场的舞台。

安托万在那里。

| 让 娜 | 安托万·杜尚先生？我是让娜·马万，娜瓦尔·马万的女儿。我去过医院，他们说自从我母亲死后，您就不做护士了。您现在在剧场工作。我就来了。我想知道她有没有说过别的什么。|

安 托 万 您母亲的声音还在我耳畔回响："现在我们在一起，就好多了。"她一字一句地说出这句话。我马上就给你们去了电话。

让 娜 我知道。

安 托 万 剩下的五年间都是一样的沉默。我很抱歉。

让 娜 我还是要感谢您。

安 托 万 您在找什么？

让 娜 她一直跟我们说，我们的父亲在战争期间死在他自己的国家了。我在找他死亡的证据。

过了一会儿。

安 托 万 我很高兴您能来。她死了之后，我犹豫过，我想给你们打电话，您和您的弟弟。为了告诉你们，向你们解释。可是我犹豫了。今天您在这里，在这个剧场，这很好。那我将告诉您。经历了这些年在您母亲床榻前的日子，因为习惯了聆听您母亲的沉默，我变得有些漫不经心。一天晚上，我带着一个奇怪的想法醒来。或许我不在的时候她会说话？或许她一个人的时候会说话？我就带去了一个放磁带的录音机。我其实犹豫过，我没有权利这么做。因为如果她独自一人的时候说话，那是她的选择。于是我向自己发誓，永远都不可以听磁带。录下来但是永远不可以知道。录下来。

让　　娜　录下了什么？

安 托 万　沉默，她的沉默。一天晚上，在离开她之前，我摁下了录音机。一盘磁带的一面可以录一个小时。我没找到能录更多的。第二天，我把磁带翻过来，在离开她之前，我开始新的录制。我录制了超过五百个小时的磁带。所有的都在这里。拿着它们，这是我能做的全部。

　　　　　让娜拿起了箱子。

让　　娜　安托万，那段时间，您跟她都做过什么？

安 托 万　没做什么。我经常坐在她旁边。我跟她说话。有时候我会放音乐。我带着她跳舞。

　　　　　安托万把一盘磁带放进录音机。一段音乐响起。
　　　　　让娜离开。

童年的焦土

12. 石碑上的名字

娜瓦尔（19岁）在外婆坟前。

她在用阿拉伯文刻着娜孜哈的名字。

娜 瓦 尔 Noûn, aleph, zaïn, yé, rra! 娜孜哈。你的名字照亮了你的墓冢。我是从下面那条路进的村庄。我的母亲在那里，站在路的中央。她在等我，我觉得。她应该是猜到了。因为日期。我们像两个陌生人一样互相看着。村民们一个接着一个走过来。我说："我回来是为了在我外婆的墓碑上写上她的名字。"他们笑了："你现在会写字了？"我说是的。他们笑了。一个男人朝我吐了一口唾沫。"你会写，但是你不会自我防卫。"我拿起我放在口袋里的那本书。我使劲地打了他，把书皮都打变形了，他摔倒，晕厥了过去。我继续走我的路。我的母亲看着我，直到我走到喷泉处，我转弯向上走，一直走到墓地，来到你的墓冢前。你的名字刻好了。我走了。我要去找回我的儿子。我实现了对你的誓言，我也会实现他出生那天，我对他立下的誓言。无论发生什么，我都会永远爱你。谢谢你,外婆。

娜瓦尔离开。

13. 萨吾妲

娜瓦尔(19岁)走在一条洒满阳光的路上。

萨吾妲在那里。

萨 吾 妲　我看到你了!当你在你外婆的石碑上刻她的名字的时候,我就在观察着你。然后你突然站起来,你跑着逃开了。为什么?

娜 瓦 尔　你呢,你为什么跟着我?

萨 吾 妲　我想看看你怎么写字。看看是不是真的。在这儿,今天早晨流言就传开了。三年后,你回来了。在营地,人们说:"娜瓦尔回来了,她会写字,她会读书。"所有人都笑了。我跑去村口,为了等你,可是你已经到了。我看到你用那本书打那个男的,我看到那本书在你手中颤抖,我就想到所有的字、所有的字母都因为你脸上的愤怒而滋滋作响,被烧成了炽热的白色。你走了,我就跟上了你。

娜 瓦 尔　你想要干什么?

萨 吾 妲　教我读书、写字。

娜 瓦 尔　我不知道。

萨 吾 妲　不,你知道!别撒谎!我看到了。

娜 瓦 尔　我要走了。我要离开这个村庄。所以我不能教你。

萨 吾 妲　我会跟着你。我知道你要去哪里。

娜 瓦 尔　你怎么知道的?

萨 吾 妲　我认识瓦哈布。我们在一个营地里。我们过去是一个村子的。他是南边来的难民,跟我一样。人们把他带走的那个夜晚,他一直呼喊着你的名字。

娜 瓦 尔　你想找到瓦哈布?

萨 吾 妲　别嘲讽我。我跟你说,我知道你要去哪儿。你想找的不是瓦哈布。是你的孩子。你的儿子。你看,我没弄错吧。带上我,让我跟你走,教我读书。作为交换,我会帮助你。我擅长旅行,我们两个人会更强大。两个女人肩并肩。带上我。如果你难过,我会给你唱歌;如果你感到虚弱,我会帮助你,我会支撑着你。这里什么都没有。清晨,我起床,人们对我说:"萨吾妲,看,这是天空。"可是关于天空,人们却什么都没告诉我。人们对我说"这是风",可是关于风,人们什么都没告诉过我。人们给我指了指世界,可世界是一个哑巴。生命就这么过去了，一切都是不透光的。我看到你刻下了那些字母，我就想：这是一个名字。那块石碑仿佛也有了光，变得通透。仅仅一个字，一切就都明亮了起来。

娜瓦尔 那你的父母呢？

萨吾妲 我的父母什么都不跟我说，什么都不跟我讲。我问他们："我们为什么离开了南方？"他们说："忘了吧。问这个有什么用？别想了。就没有过南方。不重要。我们活着，我们还能每天吃饭。这才是最重要的。"他们说："在这里，战火不会侵袭我们。"我回答道："它总有一天会侵袭我们。大地受伤了，它正被一只红色的狼吞噬。"我的父母什么都不讲。我对他们说："我记得，我们是半夜逃亡的，那些人把我们从房子里赶了出来。他们把房子毁了。"他们对我说："忘了吧。"我说："为什么我的父亲会跪倒在被烧毁的房屋前哭泣？谁烧的它？"他们回答："这一切都不是真的。你做了一个梦，萨吾妲，你做了一个梦。"所以我不想再待在这里了。瓦哈布呼喊着你的名字，那就像夜深人静时发生的一个奇迹。我，如果人们把我带走，没有一个人的名字能从我的喉咙里被喊出来。没有一个。那我怎么能留恋这里呢？没有爱，没有爱,正如他们对我说的,"忘记,萨吾姐,忘记",那么我会忘记。我会忘记这个村庄、这些高山、这里的营地,忘记我母亲的面容和我父亲愤恨的眼睛。

娜 瓦 尔 我们忘不掉,萨吾姐,我向你发誓。不过,你还是跟来吧。

她们一起离开。

14. 弟弟和姐姐

西蒙在让娜对面。

西　　蒙 大学在找你。你的同事们在找你。你的学生们在找你。他们给我打电话。所有人都给我打电话:"让娜不来学校了。我们不知道让娜在哪儿。学生们不知道该干什么。"我找你。我给你打电话。你不接。

让　　娜 你想要什么呢,西蒙?你为什么来我家?

西　　蒙 因为所有人都以为你死了!

让　　娜 我很好。你可以走了。

西　　蒙 不,你不好,我也不会走。

让　　娜 别嚷嚷。

西　　蒙 你在跟她做一样的事。

让　　娜　我在做的只跟我有关，西蒙。

西　　蒙　不！也跟我有关！你只有我，我只有你。你在跟她做一样的事。

让　　娜　我什么都没做。

西　　蒙　你不说话了。你什么都不说。跟她一样。那一天，她回到家，把自己关在卧室里。她坐着。一天。两天。三天。不吃。不喝。消失了。一次。两次。三次。四次。再回来。就不说话了。她卖了她的家具。你也没有家具了。她的电话在响，她不接。你的电话在响，你不接。她把自己关了起来。你把自己关起来。你不说话了。

让　　娜　西蒙。过来，坐在我旁边。听，听一听。

让娜把她耳机的一个耳塞给了西蒙，西蒙把它放进耳朵里。让娜把另一个塞进自己的耳朵。他们两个听着里面的沉默。

让　　娜　我们听得到她呼吸。

西　　蒙　你在听没有声音的沉默……

让　　娜　是她无言的沉默。

娜瓦尔（19岁）教萨吾妲阿拉伯字母。

娜 瓦 尔　Aleph, bé, tâ, szâ, jîm, hâ, khâ……

萨 吾 妲　Aleph, bé, tâ, szâ, jîm, hâ, khâ……

娜 瓦 尔　Dâl, dââl, rrâ, zâ, sîn, shîn, sâd,

dâad……

西　　蒙　你正在变疯,让娜。

让　　娜　关于我,你知道什么?关于她呢?什么都不知道。你什么都不知道。现在我们要怎么生活?

西　　蒙　你扔了这些磁带。你回大学。你继续教你的课,拿到你的博士学位。

让　　娜　我不在乎我的博士学位!

西　　蒙　你什么都不在乎!

让　　娜　跟你解释没有意义,你不会明白。连1加1等于2你都不懂!

西　　蒙　确实应该用数字跟你讲话,你啊!如果是你的数学老师跟你说你正在变疯,你可能会听。但是你的弟弟,你不听。因为他太麻烦、太傻!

让　　娜　我跟你说过了,我不在乎我的博士学位!在我母亲的沉默里有一些东西,我想弄明白,是我,我想弄明白!

西　　蒙　我告诉你,没有什么要弄明白的!

让　　娜　你烦死我了!

西　　蒙　你烦死我了!

让　　娜　走吧,西蒙!我们谁也不欠谁的。我是你姐姐,不是你母亲,你是我弟弟,不是我父亲!

西　　蒙　都一样!

让　　娜　不! 不一样!

西　　蒙　是一样的!

让　　娜　让我一个人待着,西蒙

西　　蒙　公证人在等我们三天后签署所有的文件。你会来吗?……你来吗,让娜……让娜……回答我,你来吗?

让　　娜　来。现在走吧。

西蒙走了。

娜瓦尔和萨吾妲肩并肩走着。

萨　吾　妲　Aleph, bé, tâ, szâ, jîm, hâ, khâ, dâl, dâal, rrâ, zâ, sîn, shîn, sâd……tââ……不对……

娜　瓦　尔　重来……

让　　娜　为什么你什么都没说? 跟我说点什么。你单独一个人。安托万没跟你在一起。你知道他在录音。你知道他什么都不会听。你知道他会把这些磁带给我们。你知道。你什么都明白。那么说话! 为什么你什么都不跟我说? 为什么你什么都不跟我说?

让娜扔了她的随身听。

15. 字母表

娜瓦尔（19岁）和萨吾妲走在一条炎热的路上。

萨 吾 妲　Aleph, bé, tâ, szâ, jîm, hâ, khâ, dâl, dâal, rrâ, zâ, sîn, shîn, sâd, dâad, tââ, zââ, ainn, rainn, fâ, kââf, kâf, lâm, mime, noûn, hah, lamaleph, wâw, ya。

娜 瓦 尔　这个，就是字母表。有29个发音。29个字母。这些是你的装备，你的武器。你必须一直认得它们。知道你该怎么把其中一些字母和另一些放在一起，组成字。

萨 吾 妲　看。我们到了南部的第一个村庄。这是那巴提耶村。这里，有第一家孤儿院。我们去看看。

她们经过让娜。让娜听着她母亲的沉默。

16. 从哪里开始

让娜来到剧场的舞台。

震天响的音乐。

让　　娜　（呼喊着）安托万……安托万……安托万……！

安托万过来。音乐声音太大，他们没办法说话。

焦土之城

> 安托万给她做了一个耐心等待的手势。音乐停了下来。

安 托 万 是剧院的音响师。他在做声音测试。

让　　娜 安托万,帮帮我。

安 托 万 您希望我做什么?

让　　娜 我不知道该从哪里开始。

安 托 万 该从最初开始。

让　　娜 没有逻辑。

安 托 万 您母亲从何时开始停止说话的?

让　　娜 1997年夏天。8月。20日。我们生日那天。她回到家里,就不说话了。就这样。

安 托 万 那一天发生了什么?

让　　娜 那段时间,她参与了国际刑事法庭的一系列诉讼。

安 托 万 为什么?

让　　娜 与摧毁她祖国的战争有关。

安 托 万 可具体那一天发生了什么呢?

让　　娜 没什么。没什么特别的。为了弄懂这个,诉讼书我读了一遍又一遍。

安 托 万 您没找到别的什么?

让　　娜 什么也没有。有一张小照片。她以前给我看过。她40岁时与她的一个朋友。您看。

她给他看了照片。

安托万研究着照片。

娜瓦尔（19岁）和萨吾妲在一个空无一人的孤儿院。

萨 吾 妲	娜瓦尔。一个人也没有。孤儿院空无一人。
娜 瓦 尔	发生了什么？
萨 吾 妲	我不知道。
娜 瓦 尔	孩子们呢？他们在哪儿？
萨 吾 妲	没有孩子。我们去卡法海亚看看。那里有一个最重要的孤儿院。

安托万留下照片。

安 托 万　把这张照片借给我。我把它放大。我替您看看。我习惯观察细节。应该从这里开始。我很想念您的母亲。我又看到了她。坐着，沉默着。眼中没有疯狂，没有迷茫，而是闪着光，目光如炬。

让　　娜　你在看什么，妈妈？你在看什么？

17. 卡法海亚孤儿院

娜瓦尔（19岁）和萨吾妲在卡法海亚孤儿院。

娜 瓦 尔　那巴提耶孤儿院一个人也没有。我们就来到了这里。卡法海亚。

医　　　生　您就不该来。这里也没有孩子。

娜　瓦　尔　为什么?

医　　　生　现在是战争期间。

萨　吾　妲　什么战争?

医　　　生　谁知道呢? 没人明白。兄弟向他们的兄弟开枪,父亲向他们的父亲开枪。一场战争。但究竟是什么战争? 有一天,有五十万难民来到了边境的另一边。他们说:"有人把我们从我们的土地上赶走,让我们在你们旁边生活。"这里的人说好,那里的人说不行,这里的人开始逃亡。数以百万计的命运。我们不再知道是谁向谁开了枪,也不知道是为了什么。是战争。

娜　瓦　尔　那以前在这里的孩子们呢? 他们在哪里呢?

医　　　生　一切都发生得非常快。难民们到达这里。他们抓了所有人。甚至是新生儿。所有人。他们那时候被愤怒吞噬。

萨　吾　妲　为什么?

医　　　生　为了复仇。两天前,民兵吊死了三个跑到营地外冒险的青少年难民。为什么民兵要吊死那三个青少年? 因为营地里的两个难民强奸并杀害了卡法萨米哈村庄的一个女孩。为什么这两个家伙要强奸这个女孩? 因为民兵杀害了一家难民。为什么民兵要杀死他们？因为难民烧毁了百里香丘陵旁的一座房子。为什么难民要烧毁那座房子？为了报复摧毁了他们挖出的水井的民兵。为什么民兵要毁了水井？因为难民烧了狗江旁边的庄稼。为什么他们烧了庄稼？肯定也有一个原因，但我的记忆就到这儿了，我没法回溯到更早，可是故事还可以继续，如一根针线，从愤怒到愤怒，从痛苦到悲伤，从强奸到谋杀，一直延续到世界之初。

娜 瓦 尔　他们去了哪里？

医　　　生　南边。难民营。现在所有人都害怕。都在等着报复行为。

娜 瓦 尔　您认识那些孩子吗？

医　　　生　我是给他们治病的医生。

娜 瓦 尔　我想找一个孩子。

医　　　生　您找不到他了。

娜 瓦 尔　我会找到他的。一个四岁的孩子。他出生几天就来到了这里。是老爱拉姆把他从我肚子里接生出来，把他带到了这里。

医　　　生　您呢？为什么您要把他送走？

娜 瓦 尔　他们从我身边带走了他！我没有把他送走。他们从我身边带走了他！他曾经在这里吗？

医　　　生　爱拉姆带了很多孩子到卡法海亚。

娜 瓦 尔　　是的，可是四年前的那个春天，她没有带来很多孩子。一个新生儿。一个男孩。从北边来。您有登记本吗？

医　　　生　　没有登记本了。

娜 瓦 尔　　那保洁员、食堂打饭员，有没有谁能想起来？想起曾经接过一个漂亮的孩子。从爱拉姆手中接过。

医　　　生　　我是医生，不是行政人员。我轮着去所有的孤儿院。我没法什么都知道。去难民营看看。南边的。

娜 瓦 尔　　孩子们，他们睡在哪里？

医　　　生　　就在这个厅。

娜 瓦 尔　　你在哪里？你在哪里？

让　　　娜　　你在看什么呢，妈妈？

娜 瓦 尔　　现在我们在一起，就好多了。

让　　　娜　　你这么说是想说什么呢？

娜 瓦 尔　　现在我们在一起，就好多了。

让　　　娜　　现在我们在一起，就好多了。

　　　　　　　深夜。医院。安托万跑进来。

安 托 万　　什么？什么？娜瓦尔！娜瓦尔！

萨 吾 妲　　娜瓦尔！

安 托 万　　您说的什么？娜瓦尔！

　　　　　　　安托万拿起娜瓦尔（64岁）脚下的录音机。

娜 瓦 尔　　如果我能让时光倒流，他应该在我怀里……

萨	吾	妲	你要去哪里?
安	托	万	让娜·马万小姐?
娜	瓦	尔	去南方。
安	托	万	我是安托万·杜尚,您母亲的护士。
萨	吾	妲	等等!等等!娜瓦尔,等等!
安	托	万	她说话了,您的母亲说话了。

娜瓦尔离开。

18. 照片和南部的长途汽车

安托万和让娜在大学里。墙上投影的是娜瓦尔（40岁）和萨吾妲的照片。

安	托	万	她们在您母亲的国家。是夏天,我们能看见她们身后的花丛。是在六七月份生长的野草。树是向阳松。那个地区到处都有。远处着火的长途汽车,那里有信息。我问了我家那条街上的杂货店老板,他来自那个国家,他读出来的是:卡法海亚的难民。
让		娜	我找了诉讼案的历史卷宗。一个最长的章节是有关在战争期间建造的监狱,在卡法海亚。
安	托	万	现在看着。您看到了吗,在她的手上方……
让		娜	是什么?

焦土之城

安 托 尼　一把手枪。她的朋友也是，在那儿，能看出来在她的衬衫下面。

让　　娜　她们拿手枪做什么？

安 托 万　照片没说。也许她们的工作是监狱的看守。监狱是什么时候建的？

让　　娜　1978年。根据卷宗。

安 托 万　好。我们知道你们的母亲在70年代末的时候，大概是在卡法海亚，那个建了一座监狱的村庄。她有一个我们不知道叫什么名字的朋友，她们两个人都带着枪。

沉默。

您还好吗，您还好吗，让娜？

让　　娜　不，不太好。

安 托 万　您在害怕什么，让娜？

让　　娜　怕发现真相。

安 托 万　您现在打算做什么？

让　　娜　买一张机票。

娜瓦尔（19岁）在等长途汽车。萨吾妲在她旁边。

萨 吾 妲　我跟你一起走。

娜 瓦 尔　不。

萨 吾 妲　我不会让你走。

娜 瓦 尔　你确定有一趟长途汽车从这条路走？

萨 吾 妲　它从这条路走。难民靠它回营地。你看到的那边的尘土，肯定就是它。娜瓦尔，那个医生说了最好等一等。他说因为那些被带走的孩子，难民营里一定会发生报复行动。

娜 瓦 尔　可是我得在那儿！

萨 吾 妲　不过是多一天少一天的问题，娜瓦尔！

娜 瓦 尔　那我就能把他抱在怀里多一天。萨吾妲，我看着太阳，我对自己说他看着同样的太阳。一只鸟飞过天空，他也许看着同一只鸟。远处有一朵云，我对自己说，云在他的头顶，他奔跑着，以免被雨淋湿。我想起他的每一刻，都像是我对他爱的承诺。今天他四岁了。他会走路，会说话，他肯定怕黑。

萨 吾 妲　如果你死了，那有什么用？

娜 瓦 尔　如果我死了，那他已经死了。

萨 吾 妲　娜瓦尔……别今天去！

娜 瓦 尔　别跟我说我该干什么。

萨 吾 妲　你发过誓要教我的。

娜 瓦 尔　我从未向你发过任何誓。我们的旅途到此为止，萨吾妲。

长途汽车到了。娜瓦尔上车。长途汽车离开。萨吾妲待在那条路上。

焦土之城

19. 郊区的草坪

埃赫米勒·勒贝尔家。

在他的花园里。

埃赫米勒、让娜、西蒙。

附近有车流和电钻的声音。

埃赫米勒·勒贝尔　不是每一天都是星期天,这是肯定的,可是偶尔来一次感觉还是不错。我从办公室回来,看到房东在那儿。我马上就猜到有什么猫泥(腻)①。他对我说:"勒贝尔先生,您不能进来,我们在翻新您的地板,我们把地毯撤走了。"我对他说:"您应该事先通知我的,我有工作,我在等顾客。"他对我说:"不管怎样,您总是很忙,不论是今天还是明天,您都会抱怨。""我不抱怨,我只是希望能知道,"我对他说,"尤其是我最近特别忙。"然后他看着我,他对我说:"因为您不会组织安排。"嗨!不会组织安排。我。"是您不会组织安排,您就这么来了,像个不熟(速)之客,为了对我说:我来安装您的地板。"

---

① 此处翻译保留角色的错误发音。下文"不熟之客"同理。

"无论如何!"他回答。我也对他说:"无论如何!"然后我就走了。我能找到你们真是靠运气。出来吧,出来吧,出来吧,别待在屋子里,终于到了三伏天。来花园里。天这么热,草黄得快。我要洒洒水。咱们也能凉快凉快。

埃赫米勒打开了水龙头浇草坪。让娜和西蒙跟上埃赫米勒。电钻的声音。

埃赫米勒·勒贝尔 他们在重新挖坑。一直到今年冬天都会这样。出来吧,出来吧,出来吧。不管怎样,我很高兴在家里接待你们。这是我父母的房子。以前这里有一望无际的田野。今天这里是加拿大轮胎五金店和电力中心。总比建一口燃油井要好,这是肯定的。这是爸爸临死前说的话。死亡,比一口燃油井要好。他是在这里过世的,在楼上他的卧室里。文件我带着了。

电钻的声音。

埃赫米勒·勒贝尔 因为工程,他们安排长途汽车绕道而行,在这儿设了一个车站,就在我家花园栅栏旁边。所有经过的长途汽车都会停在这里,每一次有长途汽车停靠,我都会想到你们的母亲。我点了一个比萨。我们一起吃。跟着小食一起送到:开胃酒、薯条和巧克力条。我点的是 all dressed①，不带 pepperoni②，因为那个不好消化。是一个印式比萨，比萨真的特别好吃。我不喜欢做饭，所以我点外卖。

西　　蒙　好，我们能快点弄吗？我今天晚上有一场比赛，我已经迟了。

埃赫米勒·勒贝尔　好主意。在比萨送到之前，我们可以处理那些文件。

让　　娜　为什么每一次有长途汽车停靠，您都会想到我们的母亲？

埃赫米勒·勒贝尔　因为她的怪癖！

让　　娜　什么怪癖？

埃赫米勒·勒贝尔　她的长途汽车怪癖。所有文件都符合规定。你们不知道吗？

让　　娜　不知道！

埃赫米勒·勒贝尔　她从来不坐长途汽车。

让　　娜　她跟您说过为什么吗？

埃赫米勒·勒贝尔　说过。她年轻的时候，看到过一辆民用长途汽车在她面前被机枪扫射。特别可怕的场景。

---

①　"全家福比萨"。
②　"意大利辣香肠"。

让　　娜　您是怎么知道的，您?

　　　　　　　电钻的声音。

埃赫米勒·勒贝尔　她跟我说的。

让　　娜　可是为什么，为什么她告诉您这件事，告诉您?

埃赫米勒·勒贝尔　我不知道! 因为我问过她!

　　　　　　　埃赫米勒把文件递给他们。让娜和西蒙在他指定
　　　　　　　的位置签字。

埃赫米勒·勒贝尔　这些文件解决的是继承问题。除了关于她
　　　　遗愿的那部分。至少对您而言，西蒙。

西　　蒙　为什么是对我?

埃赫米勒·勒贝尔　因为您一直没有拿走给您哥哥的信函。

　　　　　　　西蒙看着让娜。

让　　娜　嗯对，我拿了信函。

西　　蒙　我不明白……

　　　　　　　电钻的声音。

让　　娜　你有什么不明白的?

西　　蒙　我不明白你在搞什么。

让　　娜　什么也没搞。

西　　蒙　为什么你什么都没对我说?

让　　娜　西蒙，这已经耗费了我很多的勇气。

西　　蒙　你要做什么，让娜? 你是要四处奔跑着呼喊"爸
　　　　爸，爸爸，你在哪里? 我是你的女儿"吗? 这不是

焦土之城

一个数学问题，妈的！你找不到答案的！就没有答案！什么都没有……

让　　娜　我不想跟你讨论，西蒙！

西　　蒙　……没有父亲，没有兄弟，只有你和我。

让　　娜　关于长途汽车，她都跟您准确地说过什么？

西　　蒙　你要干什么？你要去哪儿找他？

让　　娜　她都跟您说过什么？

萨　吾　妲　（大喊着）娜瓦尔！

西　　蒙　别管长途汽车，回答我！你要去哪儿找他？

电钻的声音。

让　　娜　她都跟您讲了什么？

萨　吾　妲　娜瓦尔！

埃赫米勒·勒贝尔　她跟我说她刚刚到达一个城市……

萨　吾　妲　（对让娜）您有没有见过一个叫娜瓦尔的年轻女孩？

埃赫米勒·勒贝尔　一辆长途汽车从她前面经过……

萨　吾　妲　娜瓦尔！

埃赫米勒·勒贝尔　车上有很多人！

萨　吾　妲　娜瓦尔！！

埃赫米勒·勒贝尔　一些男人跑过来，他们拦下了长途汽车，他们往车上浇了大量的汽油，然后另一些男人也过来了，带着冲锋枪，然后……

> 电钻持久的声响覆盖了埃赫米勒·勒贝尔的声音。水管喷出了血,淹没了一切。让娜离开。

娜 瓦 尔　萨吾妲!

西　　　蒙　让娜! 让娜,回来!

娜 瓦 尔　我就在长途汽车上,萨吾妲,我跟他们在一起。当他们向我们浇汽油的时候,我大喊:"我不是难民营的人,我不是营地的难民,我跟你们一样,我在找被他们掳走的我的孩子!"之后他们就让我下了车,再然后,再然后,他们就开枪了,一下子,真的是一下子,长途汽车就烧了起来,连同在里面的一切烧着了,连同老人、孩子、女人,所有人都烧着了! 一个女人试着从窗户逃出来,可是士兵朝她开了枪,她就保持着那个姿势,跨在窗舷上,在火海中,怀里抱着她的孩子,她的皮肉融化了,孩子的皮肉也融化了,所有人都被焚烧了! 时间不存在了,萨吾妲。再也没有时间了。时间是一只被人们砍下头的鸡,时间像疯子一样跑着,向右,向左,从它被砍断的脖子里涌出的血冲刷着我们,淹没了我们。

西　　　蒙　(对电话)让娜! 让娜! 我只有你了。让娜,你只有我了。我们除了遗忘,没有选择! 给我回电话,让娜,给我回电话!

20. 多边形的中心

西蒙穿衣服准备他的拳击比赛。

让娜背着包。手里拿着手机。

让　　娜　　西蒙，是让娜。我在机场。西蒙，我打电话给你是为了告诉你，我要出发去那个国家。我要试着找到那个父亲，如果我能找到他，如果他还活着，我将把那封信函交给他。这么做不是为了她，是为了我。是为了你。是为了能够继续。但为此，得从她开始，得知道妈妈在她前半生经历了什么，那些她向我们隐藏的岁月。我要挂电话了，西蒙。我要挂断电话，然后头朝下坠落，落得很远，远离这个曾经建构我生命的精确的几何体。我学会了写字、数数，学会了读书和表达。可这一切都不再有用。那个我将要坠入的洞，那个我已经滑向的洞，就是她的沉默。西蒙，你在哭吗？你是在哭吗？

西蒙的拳击比赛。西蒙被击倒。

你要把我带到哪儿，妈妈？你要把我带到哪儿？

娜　瓦　尔　去往多边形的中心，让娜，就在多边形的中心。

让娜戴上耳机，放入一盘新的磁带，重新开始聆听她母亲的沉默。

珍娜妮的焦土

21. 百年战争

娜瓦尔（40岁）和萨吾妲。所在地被毁。尸横遍野。

萨 吾 妲　娜瓦尔！

娜 瓦 尔　他们也去了阿布戴哈玛家。他们杀了赞、米哈、阿贝尔。在马德瓦德家，他们翻了个底朝天，也没找到他，于是他们就把他的全家割喉。他的大女儿，他们活活烧死了她。

萨 吾 妲　我才从哈拉姆家来。他们也去了他家。他们没找到他。他们带走了他的女儿和妻子。没人知道她们被带去了哪里。

娜 瓦 尔　他们杀了所有资助报社的人，萨吾妲。所有在那里工作的人。他们烧了打印机。烧了纸张，扔了墨水。在这儿。你看到了吗？他们杀害了爱卡拉和法赫德。他们要找的是我们，萨吾妲，他们在找我们，如果我们再在这里停留一小时，他们会找到我们，把我们杀了。那么我们去难民营吧。

萨 吾 妲　我们去我堂兄家，我们会稍微安全一点儿……

娜 瓦 尔　安全……

萨 吾 妲　他们把那些读报纸的人的房子也烧了。

娜 瓦 尔　这还没结束。我向你发誓。我认真思考了。这只是百年战争的开始。最后一场世界大战的开始。我告诉你,萨吾妲,我们这一代是"有趣"的一代,如果你能明白我想说的。从上苍的视角来看,看着我们打仗,争辩谁是野蛮人、谁不是,应该很有启发性。是的。"有趣"。一代靠耻辱滋养的人,我向你发誓。真的。在路的交叉口。如果这场战争结束,那时间也停滞了。世人不知道,可是如果我们找不到立刻结束杀戮的方案,那我们永远也无法找到。

萨 吾 妲　可是战争在哪里?什么战争?

娜 瓦 尔　你很清楚。兄弟打兄弟,姐妹打姐妹。平民很愤怒。

萨 吾 妲　这会持续多久?

娜 瓦 尔　我不知道。

萨 吾 妲　书上没写吗?

娜 瓦 尔　书籍,很好,可书总是要么太迟,要么太早。有一种喜剧效果。他们毁了报纸,咱们再做另一个。它以前叫《日光》,我们以后叫它《晨歌》。我们不缺灵感。言语很可怕。要保持睿智。要看得清楚。像先人一样:试着以飞翔的鸟辨别天气。猜想。

| 萨 吾 妲 | 猜想什么？爱卡拉死了。他的相机还在。照片被毁了。生命被毁了。

这个世界怎么了，连物品都比我们每一个人拥有更多的希望？

一段时间后，萨吾妲唱了起来，就像人们在祷告。

22. 阿布戴萨马德

让娜身处娜瓦尔的故乡。她面前是阿布戴萨马德。

让　　娜　您是阿布戴萨马德·达哈佳吗？有人建议我来找您，因为您了解这个村子的所有历史。

阿布戴萨马德　那些真实的和那些虚假的。是的。

让　　娜　您记得娜瓦尔吗？（给他看照片）就是她。她在这个村子出生，长大。

阿布戴萨马德　有一个跟萨吾妲一起离开的娜瓦尔。但这是个传说。

让　　娜　谁是萨吾妲？

阿布戴萨马德　一个传说。人们叫她唱歌的女人。她有着温柔又深沉的嗓音。她的歌声总是在适宜的时候响起。一个传说。

让　　娜　那么娜瓦尔呢？娜瓦尔·马万。

阿布戴萨马德　娜瓦尔和萨吾妲。一个传说。

让　　　娜　传说都讲了什么？

阿布戴萨马德　讲的是在一个夜晚，人们拆散了娜瓦尔和瓦哈布。

让　　　娜　谁是瓦哈布？

阿布戴萨马德　一个传说！人们说如果在森林里待得太晚，会在白色大树下的岩石附近听到他们的笑声。

瓦哈布和娜瓦尔（14岁）在白色大树下的岩石处。娜瓦尔正在拆一个礼物。

瓦　哈　布　我给你带了一个礼物，娜瓦尔。

娜　瓦　尔　一个小丑鼻子！

瓦　哈　布　跟上次咱们看到的大篷车戏剧巡回演出里的是同一个。你笑得那么开心。你跟我说："他的鼻子！他的鼻子！看他的鼻子！"我是那么喜欢听到你的笑声。我就出发了，一直走到了他们的驻地，我差一点就被狮子吃掉，被大象踩踏，甚至还跟老虎做了交涉，我吞下了三条蛇，然后进到了小丑的帐篷里，小丑那时在睡觉，鼻子就放在他桌上，我拿过来就跑！

阿布戴萨马德　墓地那块石头还在，据传，娜瓦尔在上面刻下了她外婆的名字。一笔一笔地。是那个墓地里的第一块碑铭。她之前学会了写字。然后她就走了。萨吾妲跟她一起走了，然后战争就爆发了。

>当青年人逃离一个地方，从来就不是什么好兆头。

让　　　娜　卡法海亚，这个地方在哪里？

阿布戴萨马德　在地狱。

让　　　娜　准确的地方。

阿布戴萨马德　在南边。比那巴提耶还要远。顺着公路走。

>*阿布戴萨马德离开。让娜打电话。*

让　　　娜　喂，西蒙，是让娜。我在妈妈的故乡、她的村庄给你打电话。听。你听听她村庄里的声音。

>*让娜举着她的电话离开。*

23. 刀周围的生命

>*萨吾妲和娜瓦尔（40岁）从村子里出来。早晨。来了一个民兵。*

民　　　兵　你们是谁？你们从哪里来？公路已经对路人关闭。

娜　瓦　尔　我们从那巴提耶来，要去卡法海亚。

民　　　兵　你们可能就是那两个我们找了整整两天的女人！我们所有的民兵都在找她们，南边的军人也在找她们：她们写东西，往人们的脑子里注入想法。

>*沉默。*

你们就是那两个女人：一个人写，一个人唱。你们看到这些鞋了吗？是我们昨夜从尸体上扒下来的。每一个穿过它们的男人，都是被我们面对面、眼睛看着眼睛杀死的。他们对我们说："我们来自一个国家，有着一样的血脉。"我们砸碎了他们的头，然后脱掉他们的鞋子。最开始我的手还在抖。就像所有的事情一样。第一次会犹豫不决。我们不知道一个头颅会有多硬。所以不知道应该用多大的劲儿砸。拿着刀，我们不知道该往哪里捅。不知道。最难的不是拿刀捅，而是拔出来，因为所有的肌肉都会紧缩，牢牢地吸住刀。肌肉明白生命在那儿。在刀的周围。那么我们只需要磨好刀锋，就没有问题。刀子拔出来就跟捅进去一样了。第一次很难。可是之后就容易多了。

民兵揪住惊恐的娜瓦尔，把刀放在她的喉咙处。

我要给你们放血，咱们看看那个会唱歌的是不是有副好嗓子，那个会写东西的是不是还有想法……

毫不犹豫地，萨吾妲掏出手枪开了一枪。民兵倒地。

萨吾妲	娜瓦尔，我害怕那个士兵的话是真的。你听到他说的："第一次很难。可是之后就容易多了。"
娜瓦尔	你没有杀他，你救了我们的命。

萨 吾 妲　这一切，都是说辞，就只是一些说辞！

萨吾妲朝着民兵的身体开了第二枪。

24. 卡法海亚

让娜在卡法海亚的监狱里。导游在她的身边。她拍照片。

导　游　为了振兴旅游业，这座监狱在2000年变成了一个博物馆。我，以前在北方当导游，负责罗马废墟的景点。也是我的专长。现在我负责卡法海亚监狱。

让　娜　（给他看娜瓦尔和萨吾妲的照片）您认识这两个女人吗？

导　游　不认识。她们是谁？

让　娜　她们以前可能在这里工作过。

导　游　那她们应该在战争快结束的时候跟着那个刽子手阿布·达骇克逃跑了。这个，是卡法海亚监狱最有名的一间牢房，7号牢房。人们会专程来这里瞻仰。这儿曾经是那个唱歌的女人的牢房。她被关在这里五年。当别人受折磨的时候，她就唱歌。

让　娜　她是叫萨吾妲吗，那个唱歌的女人？

导　游　我不知道她的名字。他们所有人都有一个编号。

一个号码。那个唱歌的女人的编号是72。这个数字在这里非常有名。

让　娜　72！您说的是72？！

导　游　是的，怎么了？

让　娜　您认识以前在这里工作的人吗？

导　游　学校的看门人。他过去曾是这里的守卫。

让　娜　这个监狱从什么时候开始有的？

导　游　1978年。在卡法黑阿德和卡法马塔的难民营发生大屠杀的那一年。这两个地方离这里都不远。士兵包围了营地，让民兵进入，那些民兵杀了所有能找到的人。他们杀红了眼。因为有人谋杀了他们的首领。所以他们一点儿都没含糊。也给这个国家拦腰留下了一道巨大的伤疤。

让娜离开。

25. 友谊

娜瓦尔（40岁）和萨吾妲。

萨 吾 妲　他们进了营地，带着匕首、炸弹、大砍刀、斧头、枪、硫酸。他们的手没有丝毫颤抖。人们还在睡梦中，他们就把武器插进了睡梦中，他们杀了夜深人静中孩子们的睡梦、女人们的睡梦、男人们的睡梦!

娜 瓦 尔　你要做什么?

萨 吾 妲　放开我!

娜 瓦 尔　你要做什么?你要去哪里?

萨 吾 妲　我要去每一座房屋!

娜 瓦 尔　你要朝每一个人的头上开一枪吗?

萨 吾 妲　以眼还眼,以牙还牙,任凭他们呼喊求饶!

娜 瓦 尔　是要报仇,但不能以这种方式!

萨 吾 妲　不能以别的方式!既然人们竟能对死亡无动于衷,那么就不能以别的方式!

娜 瓦 尔　那么你也是,你想去屋子里杀害孩子、女人、男人!

萨 吾 妲　他们杀了我的父母,杀了我的表亲,杀了我的邻居,杀了我父母住在远方的朋友!那么我也一样!

娜 瓦 尔　是的,你也要一样,你说得在理,萨吾妲,可是你思考一下!

萨 吾 妲　思考能有什么用!没人能因为我们思考而活过来!

娜 瓦 尔　思考一下,萨吾妲!你现在是受害者,你要去杀掉你路途上碰到的所有人,那么你将成为刽子手,然后,你又会再次成为受害者!可是你,你是会唱歌的,萨吾妲,你是会唱歌的!

萨 吾 妲　我不想!我不想被安慰,娜瓦尔。我不想用你的想法、你的比喻、你的话语、你的眼睛、你的友谊，还有我们所有并肩走过的人生，我不想用这些来安慰自己，抵挡看到和听到的一切！他们像疯子一样闯入营地。第一批尖叫声惊醒了所有人，很快，人们就听到了民兵骇人的声响！他们先是把孩子们往墙上扔，然后又杀了所有他们能找到的男人。男孩们被割喉，女孩们被焚烧。周围的一切都在燃烧，娜瓦尔，一切都在燃烧，一切都被烧焦！街巷里奔涌着血浪。叫喊声从喉咙里发出又归于死寂，然后一个生命就消失了。一个民兵准备向三兄弟行刑。民兵让他们紧贴墙站着。我就躲在他们附近的排水沟里。我能看到他们颤抖着的双腿。那三兄弟的腿。民兵揪着他们母亲的头发，把她拖到她儿子们面前，其中一个民兵对她吼道："选！选出那个你想救的。选！要么选一个，要么我把他们全部杀掉！三个全部！我数到三，数到三我就会向他们三个全都开枪！选！快选！"而她，说不出一句话，无能为力，头从右转向左，看着她三个儿子中的每一个！听我说，娜瓦尔，我不是在给你讲故事。我给你讲述的是眼睁睁发生在我面前的痛楚。我透过她儿子们颤抖的双腿看着她。她双乳下垂，孕育过三个儿子的身躯也垂垂老矣。她用尽全身气力呼喊：

"如果是为了看着他们在一堵墙前鲜血四溅,那当初何必要生下他们!"那个士兵依然吼着:"选!快选!"于是她看着他,带着最后一丝希望,对他说:"你怎么能这样?你看看我,我都可以做你的母亲。"于是他殴打了她:"别侮辱我的母亲!选!"她说出了一个名字,她说:"尼达勒。尼达勒!"然后她瘫在了地上,那个民兵就枪毙了两个弟弟。让那个浑身战栗的长子活着!他放了他,然后走了。另两具身体倒在了地上。那个母亲从地上爬了起来,从那座被烧毁的城市的中心爬了起来,她泪流成河,她放声嘶喊,说是她杀死了自己的儿子们。她说她是杀死孩子们的凶手,她垂垂老矣的身躯在风中战栗。

娜瓦尔 我懂你的感受,萨吾妲,可是要回击,不能想怎么样就怎么样。听我说。听我对你说:我们身上都沾染了血,在这样的情境中,一个母亲的痛苦比起那个恐怖地碾压着我们的机器来说实在是太轻了。这个女人的痛苦、你的痛苦、我的痛苦,还有所有在这一夜死去的人,这已经不再是一场丑闻,而是一次清算,一次我们无法统计的可怕的清算。那么,你,萨吾妲,那个很久以前在洒满阳光的小路上与我一起诵读字母的你,那时我们肩并肩走在小路上，为了寻找我的儿子，一个因一段我们无法再讲述的爱情故事而降生的孩子，你，你不能加入这场可怕的、痛苦的清算。你不能。

萨吾妲 那我们做什么呢？我们做什么呢？我们就这么袖手旁观！我们就这么等着？我们明白了什么？我们到底明白了什么？我们自我安慰道，这一切，是发生在那些蠢货之间的事儿，跟我们没关系！我们只需要与我们的书籍和我们的字母为伴，它们是那么美，那么美好，那么卓越超群，还那么引人入胜！"美""美好""卓越超群""引人入胜"，这些就像吐在受害者脸上的唾沫。这些辞藻！这些辞藻有什么用，告诉我，如果今天我不知道自己该做什么！那么告诉我，娜瓦尔，我们要做什么？

娜瓦尔 我没法回答你，萨吾妲，因为人们一贫如洗。没有能把大家联结在一起的价值观，有的只是对一点小财富的共识。那些我们知道的和那些我们能感受到的。这个是好的，这个是不好的。可是我要对你说：人们不喜欢打仗，可是人们必须打。人们不喜欢不幸，可是人们身处其中。你想去复仇，放火烧屋，想让他们感同身受，想让他们改变，让做过这些事的人可以转变。为了让他们懂得，你想去惩罚他们。可是这个愚蠢的游戏以蒙蔽你双眼的痛苦和愚昧为食。

萨吾妲 所以什么都不做，是吗？

娜瓦尔 可是你想说服谁呢？你看不到有些人是我们无法说服的，有些人是我们无论如何也说服不了的吗？你怎么能跟那个对着一个母亲的耳朵大声吼叫"选！"，逼迫她处死自己孩子的家伙解释他做错？你以为会怎样？他会对你说，"啊，萨吾妲小姐，您的理由很正确，我要马上改变思想，改变心肠，改变血脉，改变世界，改变宇宙，改变星球，我要立即致歉"？你以为会这样吗！你以为让自己的手沾上他妻子和他儿子的血，他就能学会什么吗！你以为一夜之间，他看着他爱的人倒在自己脚下，会说："瞧，这让我进行了深入的思考，确实流亡的人有权拥有一片土地。我要把我的地给他们，我们所有人就能和平又和谐地生活在一起！"萨吾妲，当他们把我的儿子从我的肚子里夺走，从我的怀里夺走，然后从我的生命里夺走的时候，我明白了必须做出选择：要么我毁了世界，要么我倾尽全力去找回他。我每一天都思念着他。他今年25岁，是杀人的年纪，也是死亡的年纪，是去表达爱的年纪，也是承受痛苦的年纪。那么你以为,当我在讲述这些的时候,你以为我在想什么?我想着他显而易见的死亡,想着我愚蠢的寻找,想着自己永远都不完整的事实,因为他从我的生命中走失了,我永远也无法看到他站在我面前。不要以为我感受不到那个女人的痛苦。疼痛附着在我身上如同一味毒药。我向你发誓,萨吾妲,我是第一个可以拿起手雷,拿起炸药,拿起炮弹和一切能造成最大杀伤力的东西的人,我会把它们带在身上,我会把它们全部吞下,然后毫不犹豫地走进那群愚蠢的男人中,我会带着你无法想象的喜悦引爆自己。我可以这么做,我向你发誓,因为我已经没有什么可以失去的,我有的是滔天的仇恨,仇恨着那些人!我会每天附着在摧毁我们生活的人脸上。我会住进他们每个人皮肤的褶皱里,我要给他们锉骨扬灰,你听到我说的了吗?可是我立下了一个誓言,向一个年老的女人立下了一个誓言:要学会读书,学会写字,学会表达,为了走出不幸,走出仇恨。而我将信守这个誓言。一字一句。永远不要憎恨任何人,心中装着星辰大海,永永远远。那是我向一个不美丽、不富有,但帮助过我、照顾过我、拯救过我的老妇人立下的誓言。

萨 吾 妲　那我们能做什么？

娜 瓦 尔　我会告诉你我们要做什么。但是你要一直听我说完。你要马上向我发誓，你不会跟我争辩。

萨 吾 妲　你想到了什么？

娜 瓦 尔　你先发誓！

萨 吾 妲　我不知道！

娜 瓦 尔　你回忆一下，是你来找的我，你对我说："教我读书和写字。"我答应了你，我信守了自己的誓言。现在，该轮到你发誓了，你发誓。

萨 吾 妲　我向你发誓。

娜 瓦 尔　我们要出击。可我们只攻击一个地方。仅此一处。会很痛。我们不动任何孩子、任何女人、任何男人，除了一个人。仅此一人。我们会动到一个人。我们杀了他或者杀不死他，这个一点都不重要，但我们会动到他。

萨 吾 妲　你想到的人是谁？

娜 瓦 尔　我想到的是沙德。

萨 吾 妲　他是所有民兵的首领。我们找不到他。

娜 瓦 尔　给他孩子上课的那个女孩是我曾经的学生。她会帮助我。我要顶替她一周。

萨 吾 妲　为什么你说"我"？

娜 瓦 尔　因为我要一个人去。

焦土之城

萨 吾 妲　你要干什么?

娜 瓦 尔　头几天什么也不干。我要教他的女儿们。

萨 吾 妲　之后呢?

娜 瓦 尔　最后一天,在走之前,我会向他开两枪。一枪为了你,一枪为了我。一枪为了难民,一枪为了这个国家的百姓。一枪为了他干的蠢事,一枪为了侵略我们的军队。两颗子弹。不是一颗,不是三颗。是两颗。

萨 吾 妲　再然后呢? 你怎么逃跑?

　　　　　沉默。

萨 吾 妲　我不接受。不该是你做这件事。

娜 瓦 尔　不是我? 那么是谁呢? 或许,该是你?

萨 吾 妲　为什么不可以?

娜 瓦 尔　我们为什么要做这些? 为了复仇? 不是。因为我们还想带着激情去爱。就类似咱们俩这样的情况来说,有的人会去死,有的人不可以。那么已经带着激情爱过的人应该死在还没有爱过的人之前。这是我所认为的,萨吾妲。我,经历过爱情,我爱过,我该有的孩子我也有过。曾经我还有学习没完成,但我也学了。那么我只剩下死亡没有经历,选择了它,我的人生就完整了。你去沙姆斯蒂尼家藏身。

萨 吾 妲　沙姆斯蒂尼和那些人一样暴力。

娜 瓦 尔　你没得选择。别背叛我，萨吾妲，为了我，活下去，为了我，继续唱歌。

萨 吾 妲　没有你，我要如何活下去？

娜 瓦 尔　那我呢？我，没有你，我要如何活下去？回忆一下很久以前学的那首诗，我们那时还年轻。我还以为能找到我的儿子。（*她们一起用阿拉伯语背诵诗歌《阿尔阿特拉尔》*①）你每一次想我的时候就诵读它，当你需要勇气的时候，就诵读字母表。而我，当我需要勇气的时候，我就会唱歌，我就会唱歌，萨吾妲，就像你曾经教我的那样唱。我的声音将是你的声音，你的声音将是我的声音。这样，我们就会一直在一起。没有什么是比在一起更美好的事情了。

26. 绿色布外套

让娜和学校的看门人。

看 门 人　我在一所学校看大门。

让　　娜　我知道，但是之前……在那所监狱还是监狱的

---

① 由埃及诗人易卜拉辛·纳吉（Ibrahim Nagi）创作，诗名意为"废墟"。

		时候。
看 门 人		您待的时间太久了。

让娜拿出绿色布外套。

| 让 | 娜 | 那这件衣服呢？这件衣服和背后的号码72，您有印象吗？|

男人拿着衣服。

看 门 人		唱歌的女人。
让	娜	（给他看照片）是她吗？
看 门 人		（辨认着照片）不，是她。
让	娜	不对！是她！
看 门 人		我见过这个女人十多年。她总是待在自己的牢房里。那个唱歌的女人。没几个人见过她的样子，我是其中之一。
让	娜	您好好听我说！您向我保证这个女人，这个留着长头发、微笑的女人，是那个唱歌的女人！
看 门 人		是我认识的那个牢房里的女人。
让	娜	那这个呢？她是谁？
看 门 人		我不认识她。
让	娜	萨吾婼。她叫萨吾妲！是她，那个唱歌的女人！所有人都这么跟我说。
看 门 人		那他们对你说了谎。唱歌的女人，是这一个。
让	娜	娜瓦尔？娜瓦尔·马万？

看 门 人　我们不叫她的名字。她是那个唱歌的女人。72号。7号牢房。那个谋杀民兵首领的女人。她开了两枪。让整个国家地动山摇。他们就把她抓进了卡法海亚。她所有的朋友都被逮捕并遭杀害。但其中有一个女人去了民兵开的咖啡馆,引爆了自己,跟他们同归于尽。只有那个唱歌的女人,一个人,活了下来。阿布·达骇克那时负责她。阿布·达骇克强暴她的那些夜晚,他们俩的声音混杂在一起,让人分不清。

让　　娜　啊,什么,她被强暴过!

看 门 人　那时候,在这里是常事儿。一次又一次地,她就怀孕了。

让　　娜　什么?!

看 门 人　这也是常事儿。

让　　娜　她当然会怀孕……!

看 门 人　她分娩的那个晚上,整座监狱都陷入沉默。她一个人分娩的,独自一人,在她牢房的一角。我们听到她在叫喊,她的叫喊声就像对我们所有人下的诅咒。当什么声音都没有了的时候,我进去了。黑漆漆的一片。她把孩子放进一个桶里,在上面盖了一块布。我,是负责把那些生出的孩子扔进河里的人。那时候是冬天。我拿起桶,没敢看就出去了。那晚的夜很美，清冷，幽深。没有月亮。河面结了冰。我一直走到河沟，把孩子放在了那儿。可是我听到了孩子的哭声和那个唱歌的女人的歌声。于是我停了下来，我的意识清冷、幽暗，犹如黑夜。那些声音如同我灵魂中的飞雪。于是我回去，拿起了桶，我往前走，走了很久。我碰到了一个赶着牧群归来的牧民，他要回到高处的村庄，往科瑟万去的方向。他看到了我，看到了我的痛苦，他给了我喝的，我给了他那只桶。我对他说："给，这是那个唱歌的女人的孩子。"我就走了。后来有人知道我做过什么。他们宽恕了我，让我得以平静地生活。现在我在这所学校工作。这很好。

很长一段时间以后。

让　　娜　是，这很好。所以她是被阿布·达骇克强暴的。

看 门 人　是的。

让　　娜　她怀孕了，然后她在监狱里有了一个孩子。

看 门 人　是的。

让　　娜　您带走了这个孩子，为了不让他像其他孩子一样被杀死，您把他给了一个牧民。是这样吗？？

看 门 人　是这样，是的……

让　　娜　科瑟万在什么位置？

看 门 人　偏西的方向。正对着大海。一座白色的村庄。您去打听一下那个人的消息，那个抚养了唱歌的女人孩子的人。肯定有人知道是谁。我叫法伊姆。我曾经把很多孩子扔进河里。可是，那一个，我没有扔。他的哭声打动了我。如果您能找到这个孩子，告诉他我的名字——法伊姆。

让娜穿上那件衣服。

让　　娜　为什么你什么都不告诉我们？我们会多么爱你，多么以你为荣，不惜一切地捍卫你。为什么你什么都不告诉我们！为什么我从来没听你唱过歌，妈妈？

27. 电话

让娜在一个电话亭里。

西蒙在训练中心。

让娜和西蒙同时说话。

让　　娜　西蒙，听着，我不在乎！我才不在乎你的什么拳击比赛！你闭嘴！……西蒙！她曾经被关进监狱！她曾经被折磨！她曾经被强暴！你能听见吗！被强暴！你听到我说的话了吗？我们的那个兄弟，她是在监狱里有的。不！见鬼，西蒙，我在一个鸟不拉屎的地方给你打电话，我们之间隔着一片大海，两片汪洋，那么闭上你的嘴听我说！不，你别打给我，你去见公证人，你问他要那个红色的本子，你看看里面有什么。就这样。

西　　蒙　不……不……我对这些不感兴趣！我有拳击比赛！就这样！对，就这样！我不想知道！不，我对她的故事不感兴趣！我不感兴趣！我现在知道我是谁，这对我来说就足够了！现在，你，你听我说！你回来！你回来，你回来！你回来，让娜！……喂！喂……见鬼！……在你他妈的那个电话亭，就没有一个电话号码能让我打给你？

她挂了电话。

28. 真正的名字

让娜在一个农民家。她给他照了一张相。

让　　娜　是一个牧羊人让我来找您的。他说："往上一直走到那个粉色的房子，你就能找到一个老男人，他是阿布戴尔马拉克，你可以叫他马拉克。他会接待你的。"于是我就来了。

马　拉　克　那是谁让你去找的牧羊人？

让　　娜　法伊姆，卡法海亚学校的看门人。

马　拉　克　那法伊姆，又是谁跟你提起的他？

让　　娜　卡法海亚监狱的导游。

马　拉　克　芒苏尔，是他的名字。那你为什么要去见芒苏尔？

让　　娜　是阿布戴萨马德，一个住在北面村子的难民给我指的去卡法海亚监狱的路。

马　拉　克　那阿布戴萨马德呢？是谁让你去找的他？

让　　娜　以这种节奏，那要追溯到我出生那天。

马　拉　克　谁知道呢？或许我们能找到一个美好的爱情故事。你看到那边那棵树了吗？那是一棵榛子树。是在我出生的那一天种下的。它已经一百岁了。时间是一头奇怪的动物。那么是谁？

让　　娜　阿布戴萨马德和我的母亲居住在同一个村庄。

马　拉　克　你的母亲叫什么名字？

让　　娜　娜瓦尔·马万。

马　拉　克　那你呢？你叫什么名字？

让　　娜　让娜·马万。

马　拉　克　那么，让娜·马万，你想要什么？现在轮到我了，你希望我把你带到谁那里？

让　　娜　带到在过去的某一天，法伊姆托付给您的我母亲的孩子那里。

马　拉　克　可是我不认识您的母亲。

让　　娜　您不认识娜瓦尔·马万？

马 拉 克　我对这个名字没有印象。

让　　娜　那唱歌的女人呢?

马 拉 克　你为什么要跟我提那个唱歌的女人? 你认识她吗? 她回来了吗?

让　　娜　那个唱歌的女人死了。娜瓦尔·马万就是那个唱歌的女人。娜瓦尔·马万是她的名字,她是我的母亲。

老人把让娜拥入怀中。

马 拉 克　你是珍娜妮!

让　　娜　不是! 我叫让娜……

娜瓦尔(45岁)在场。她面前是马拉克,他站着,怀里抱着两个婴儿。

马 拉 克　整个国家都传遍了,你被释放了。

娜 瓦 尔　你想要做什么?

马 拉 克　把你的孩子们还给你。我曾经像照顾自己的孩子一样照顾他们。

娜 瓦 尔　那就留着他们!

马 拉 克　不! 他们是你的! 带上他们。你不知道以后他们对你来说会是什么。他们今天还能安稳地在我的双手中是个奇迹,你还活着也是个奇迹。你们三个都幸免于难。是三个相互照拂的奇迹。这种事不常发生。我给他们每人起了一个名字。男孩叫

|||萨瓦纳，女孩叫珍娜妮。萨瓦纳和珍娜妮。带上他们，记住我。

马拉克把孩子们交给娜瓦尔。

让	娜	不！不！不是这样的！不是我们！我叫让娜，我的弟弟叫西蒙。
马 拉 克		珍娜妮和萨瓦纳……
让	娜	不！不！我们是在医院出生的。我们有出生证明！还有我们是在夏天出生的，不是冬天，那个在卡法海亚的孩子是在冬天出生的，因为河面上结了冰，法伊姆跟我说的，因为他没法把桶扔进深水中！
马 拉 克		法伊姆弄错了。
让	娜	不！法伊姆没有弄错！他每天都能看到她！他拿走了孩子，拿走了桶，孩子当时就在桶里，那里面只有一个孩子，不是两个，不是两个！
马 拉 克		法伊姆没仔细看。
让	娜	我父亲死了，他把自己的生命献给了你们的国家，他不是一个刽子手，他爱过我的母亲，我的母亲也疯狂地爱过他！
马 拉 克		这是她给你们讲的？这很好，总是得给孩子们讲故事才能让他们睡得安稳。我提醒过你，问答游戏总会让我们很容易回溯到事情的缘起，现在我

们就追溯到了你出生的秘密。现在听我说。法伊姆把桶递给了我,然后他就跑着离开了。我揭开了保护孩子的那块布,在那一刻,我看到了两个婴儿,两个,刚刚出生,红彤彤的,像生气了一样,他们紧紧抓着对方,一个贴着一个,带着他们初生的全部热忱。我接过你们就走了,我养着你们,给你们取了名字:珍娜妮和萨瓦纳。就是这样。你在你母亲死后重新回到我身边,我看到泪水从你的眼睛里流了出来。我没有弄错。那个唱歌的女人的孩子们生于强暴与恐惧,他们会知道如何扭转那些哭泣着被扔进河里销声匿迹的孩子的生命节奏。

29. 娜瓦尔的话

西蒙打开红色的本子。

娜瓦尔(60岁)在一场庭审中做证。

娜 瓦 尔　法官女士,陪审团的先生们和女士们。我将站立着,睁着眼睛做证,因为过去人们总是强迫我把它们闭上。我将面对我的刽子手做证。阿布·达骇克。我有生之年最后一次叫出你的名字。我叫出它是为了让你知道我认出了你。你不能对此有任何质疑。很多死去的人,如果能从他们痛苦的床上醒来,也可以认出你,认出你可怕的笑容。你们阵营里很多噩梦一样可怕的男人都怕你。一个噩梦怎么可能会害怕另一个噩梦呢?在我们之后而来的善良又正直的人也许会解出这道难题。我认出了你,可是也许你没认出我来,尽管我深信不疑你非常清楚我是谁,因为你刽子手的职责要求你必须拥有完美的记忆力,好记住那些姓氏、名字、日期、地点、事件。我还是要让你记起我,记起我的脸,因为我的脸是你照顾得最少的地方。你很清楚地记得我的皮肤、我的味道,乃至我身体最私密的地方,因为那曾经对你来说是一个该一点一点践踏的领地。是那些亡灵在通过我跟你说话。记起我。我的名字你或许没有印象,因为所有女性对你来说都是贱货。你叫着45号贱货,63号贱货。这个词能带给你一种气势,一种高高在上的姿态,一种能力,一种威严,一种权力。而女人们,一个又一个,感受到仇恨与恐惧在她们身体里苏醒。我的名字你没有印象,我的贱货号码你也不记得,可是有一件事你没法忘记,尽管你可以努力不让它淹没你的心,但它还是会在你遗忘的堤岸上凿出裂痕。那个唱歌的女人。你现在记起来了吗?你知道你发泄在我身上的怒火的真相,当你把我的双脚吊起来,当你把水和电混在一起泼向我,当你把钉子钉进我的指甲,当你把没有上膛的枪指向我。开枪,让死亡成为折磨的帮凶。把尿尿到我的身上,你的尿,尿进我的嘴里、我的私处,你的私处进入我的私处,一次,两次,三次,如此往复,时间变得支离破碎。我的肚子因为你日渐隆起,你那留在我肚子里令人作呕的折磨,独自一人,你要我独自一人分娩。两个孩子,双胞胎。是你逼得我无法去爱孩子们,要与自己战斗,要在悲伤和沉默中把他们养大。如何去跟他们谈起你,跟他们谈起他们的父亲,跟他们谈起真相,一个永远不会变熟的青涩的苦果。苦涩,苦涩的是被说出的真相。时间会过去,但是你逃脱不了所有人都无法逃避的正义审判:我们生在这个世界上的那两个孩子,你和我的,他们活着,他们美好、聪慧、敏感,感受过胜利,品尝过失败,他们已经在给自己的生命寻找意义,在给自己的存在寻找方向,我向你发誓,有那么一天,他们会来到你面前,在你的牢房里,你将要独自面对他们,就像我曾经独自面对他们一样,你会跟我一样,从此你会对世间存在的情感一无所知。一块石头感受到的东西都会比你多。我跟你说的是我的经验。我向你发誓，当他们站在你面前的时候，他们两个人都已经知道你是谁。我们两个来自同一片土地，说着同一种语言，分享着同一段历史，每一片土地、每一种语言、每一段历史都要对它的人民负责，每一个地方的人民都要对他们的叛徒和他们的英雄负责，对他们的刽子手和受害者负责，对他们的胜利和他们的失败负责。从这种意义上来说，我，我要对你负责，你，你要对我负责。我们不喜欢战争，不喜欢暴力，可我们还是参加了战争，做过暴力的事。如今，我们保有的是我们仅存的尊严。我们经历了所有的失败，也许我们还能拯救它：尊严。这样跟你说话就像是我在见证着我对一个女人的誓言，她在那一天让我懂得了走出不幸的重要性：学会读书、表达、写字、数数，学会思考。

西　　蒙　（读着红色本子上的内容）我的证词是这些努力的成果。对你做出的事保持沉默就是与你所犯下的罪恶同流合污。

西蒙合上笔记本。

30. 红色的狼

西蒙和埃赫米勒·勒贝尔。

埃赫米勒·勒贝尔　您想做什么呢?

西　　蒙　我什么都不想做。一个哥哥。是为了做什么呢?

埃赫米勒·勒贝尔　为了知道……

西　　蒙　我不想知道。

埃赫米勒·勒贝尔　那就为了让娜。她没法生活,让娜,如果她无法知道。

西　　蒙　我没有能力去找他,去找到他。

埃赫米勒·勒贝尔　您有,您会有能力做到! 您是拳击手!

西　　蒙　业余的。我是业余拳击手。我从没打过一场专业比赛!

埃赫米勒·勒贝尔　我会帮助您,我们一起去办理护照,我跟您一起去那儿,我,我不会丢下您一人不管。我们会找到他,您的哥哥! 我确信。也许,这可以帮助您生活下去,帮助您战斗,帮助您赢得比赛,成为一名职业选手。我相信这一点! 这是一个宇宙命题! 需要相信。

西　　蒙　您有那封要交给哥哥的信函吗?

埃赫米勒·勒贝尔　当然! 您可以信赖我,我向您保证,您可以信赖我！我们开始看到隧道尽头火车发出的光线了！

埃赫米勒走了。娜瓦尔（65岁）和他在一起。

娜 瓦 尔　你为什么哭，西蒙？

西　　蒙　就像一头狼要来了。它是红色的。它张着血盆大嘴。

娜 瓦 尔　现在过来。

西　　蒙　你要把我带到哪儿去，妈妈？

娜 瓦 尔　我需要你的拳头来打破沉默。萨瓦纳是你真正的名字，珍娜妮是你姐姐真正的名字。娜瓦尔是你母亲真正的名字。阿布·达骇克是你父亲的名字。你现在需要找到你哥哥真正的名字。

西　　蒙　我的哥哥！

娜 瓦 尔　你血脉相连的哥哥。

西蒙独自一人。

萨瓦纳的焦土

31. 玩耍的男人

一个年轻男人在一座楼的高处。

一个人。耳朵上戴着随身听耳机（20世纪80年代的风格）。

把狙击步枪当作吉他，他在激情澎湃地演绎超级流浪汉乐队的《逻辑歌》[1]前奏。

尼哈德　（拨了几下吉他，然后高声唱起来）

Kankinkankan, boudou

Kankinkankan, boudou

Kankinkankan, boudou

Kankinkankan, boudou[2]

当歌曲开始的时候，他的步枪由吉他变成了麦克风。他用似是而非的英语唱着第一段。

突然，他的注意力被远处的什么东西吸引了。他迅速端起枪，一边瞄准一边继续唱歌。

他开了一枪，快速上膛。

---

[1] 超级流浪汉（Supertramp），1970年于伦敦成立的英国摇滚乐队。《逻辑歌》（"The Logical Song"）是他们的代表作。

[2] 无实意，表示音乐节奏。

一边移动一边又开了一枪。又开了一枪，上膛，不动，然后再开枪。

非常迅速地，尼哈德抓起一个相机。把它对准同一个方向，调好焦，拍照。

他继续唱歌。

他突然停了下来。他趴到地上。拿着枪对准他附近的方向。

他突然起身，开了一枪。他向着他开枪的地方跑了过去。他扔下了还在播放的随身听。

尼哈德站着，还是在同一个地方。他回来了，抓着一个受伤男人的头发。他把他推倒在地。

男	人	别！别！我不想死！
尼 哈 德		"我不想死！" "我不想死！" 这真是我听到过最愚蠢的话！
男	人	我求求您，让我走吧！我不是这里的人。我是一名摄影师。
尼 哈 德		摄影师？
男	人	是的……战地……战地摄影师。
尼 哈 德		你拍了我的照片……？
男	人	……是的……我想拍一张狙击手的照片……我看到您开枪……我就上来了……可是我可以把胶卷给您……
尼 哈 德		我也是，我也是摄影师。我叫尼哈德。战地摄影

师。你看。这些照片是我拍的。

尼哈德一张张地给他看照片。

男　　　人　　很漂亮……

尼　哈　德　　不！不漂亮。大多数时候，人们以为那些人是在睡觉。可不是。他们死了。是我杀了他们！我向你发誓。

男　　　人　　我信您……

尼哈德在摄影师的包里乱翻着，拿出一个带快门线的自动卷片照相机。尼哈德对着取景器，连拍了几张男人的照片。他从他的包里取出了一卷宽胶带，把相机粘在他的枪筒上。

您在做什么……

相机被牢牢固定住……

尼哈德把快门线和他步枪的扳机连在一起。他看向步枪的瞄准器，对准男人。

您在做什么？请不要杀我！我都可以做您的父亲了，我跟您母亲一样大……

尼哈德开枪。快门也在同一时间按下。男人中弹那一刻的照片出现。他走向死去的男人。

尼　哈　德　　柯克，我很高兴在这里参加《星际电视秀》①……

---

① 此处或指经典科幻电影《星际迷航》。詹姆斯·T. 柯克是电影主角。尼哈德虚构的与柯克的对话，原文多为英文，夹杂部分法文。

谢谢你,尼哈德。那么尼哈德,你的下一首歌曲是什么?

下一首将是爱情歌曲。

一首爱情歌曲!

是的,爱情歌曲,柯克。

在你的职业生涯中可是第一次,尼哈德。

你知道吗,我是在战争时期写的这首歌,那个时候,我的国家在打仗。有一天,我深爱的女人死了。她被一个狙击手夺去了生命。我感到自己的心被猛烈地撞击,心碎了。是的。我大声呼喊。于是我写下了这首歌。

我们很荣幸能听到你的这首爱情歌曲,尼哈德。

没问题,柯克。

尼哈德再次起身,摆好姿势,把枪当作麦克风。他调整了一下自己的耳机,打开随身听,开始模仿打架子鼓。

One, two, one, two, three, four! ①

他发出嘣、嘣、嘣、嘣……的声音,给警察乐队的歌曲《罗克珊》②配了32下架子鼓的音,然后就一

---

① "一二,一二三四!"
② 警察乐队(The Police),1977年成立于伦敦的英国摇滚乐队。《罗克珊》("Roxanne")是他们的代表作。

边改着歌词，一边唱起这首歌来。

32. 沙漠

埃赫米勒·勒贝尔和西蒙身处沙漠之中。

西　　蒙　那边什么也没有！

埃赫米勒·勒贝尔　可是那个民兵跟咱们说去那边！

西　　蒙　他也有可能是在耍我们。

埃赫米勒·勒贝尔　他为什么要这么做？

西　　蒙　他为什么不？

埃赫米勒·勒贝尔　他刚才对我们很友善！他告诉我们去找一个叫沙姆斯蒂尼的人，他是南部整个抗战区的精神领袖。他让我们往那边走，我们就往那边走。

西　　蒙　如果他们跟您说冲自己脑袋开一枪……

埃赫米勒·勒贝尔　我看不出他们为什么要让我做类似的事！

西　　蒙　行了。那我们在这儿做什么？

埃赫米勒·勒贝尔　您想做什么？

西　　蒙　我们打开那封原定要我交给我哥的信函！我们别再玩躲猫猫了！

埃赫米勒·勒贝尔　绝不可能！

西　　蒙　谁能阻止我这么做？！

埃赫米勒·勒贝尔　您听我好好说，孩子，因为我不会这么重复着从这里一直说到马图萨勒姆！这封信函不属于您！它属于您哥哥。

西　　蒙　那又怎样?！

埃赫米勒·勒贝尔　您好好看着我的眼睛！如果这么做！那跟强奸没有两样！

西　　蒙　那正好，我有家族基因！我父亲就是个强奸犯！

埃赫米勒·勒贝尔　我并不是这个意思！

西　　蒙　行，您有理！我们就不打开这封操蛋的信函，可是，该死！我们肯定找不到他！

埃赫米勒·勒贝尔　沙姆斯蒂尼先生吗?

西　　蒙　不，我的哥哥！

埃赫米勒·勒贝尔　为什么！

西　　蒙　因为他死了！我想说，去他的！在孤儿院，有人跟我们说了，在那个年代，民兵会掳走孩子，绑上炸弹，让他们在难民营里爆炸。所以他死了。我们也去营地里看了，在那儿，有人跟我们讲了1978年的大屠杀。这样的话，他肯定是死了。我们还去见了以前跟他在同一个孤儿院的一个民兵，他告诉我们，很多事情他都记不清了，除了有一个跟他一样没有母亲也没有父亲的家伙，他在某一天走了，他八成是死了。如果我仔细算算，他可能是被做成人肉炸弹，炸死了，他可能是被割喉而死，他可能人间蒸发了。他有这么多死法。所以那个史埃克·沙姆斯蒂尼，我们可以把他忘了。

埃赫米勒·勒贝尔 当然，当然，当然！可是如果我们想心安，就得找。那个民兵告诉我们去找沙姆斯蒂尼先生，在抗击军队入侵的战时，他是南部整个抗战区的精神领袖。那么他肯定有很多耳目。这些人，是级别最高的。是政客。他们有门路。他们什么都知道。我想说的是，为什么不试试？他也可能活着，您的哥哥，我想说的是，我们无法知道！我们已经找到了他的名字，这已经非常不错。尼哈德·阿哈曼尼！

西　　蒙 尼哈德·阿哈曼尼。

埃赫米勒·勒贝尔 阿哈曼尼，是，在人名册里，姓阿哈曼尼的跟姓汤普雷的一样多，我要说的是，我们就快找到了！沙姆斯蒂尼先生会告诉我们的！

西　　蒙 我们上哪儿找沙姆斯蒂尼先生呢？

埃赫米勒·勒贝尔 我不知道……往那边！

西　　蒙 那边是沙漠！

埃赫米勒·勒贝尔 是的！这就对了！这正是藏身的好地方！他们得隐藏起来，他们这样的人。我想说的是沙姆斯蒂尼先生，他总不能在街头卖碟片的俱乐部登记，或者是打电话叫夏威夷比萨外卖！不能！他藏起来了！他可能在观察着我们，我们要继续，之后他会来见我们的，会来问我们到这里做什么。

西　　蒙　您是电影看多了吧？

埃赫米勒·勒贝尔　没有，是真的，西蒙！萨瓦纳！走吧！去看看，也许我们会找到您哥哥！谁知道呢！也许您哥哥跟我一样是个公证人！我们可以一起讨论公证书。也可能是一个卖菜的，一个开餐馆的，我们不知道。就拿谭晓风来说吧，他以前是越南军队的将军，但他后来成了居里·拉贝尔大街卖汉堡的，然后慧霍晓风嫁给了赫尔·布查！我想说的是，我们永远无法知道会发生什么！也许您哥哥娶了一个美国圣地亚哥的富婆，他们生了八个孩子，八个人都会叫你"我的叔叔"。我们无法知道。所以继续！

他们继续上路。

33. 狙击手的原则

尼哈德，握着枪筒上挂着相机的步枪，开枪。

第一张照片出现，是一个奔跑的男人。

> 尼哈德换了位置，再次开枪。

> 同一个男人中弹身亡的照片出现。

尼 哈 德　你知道吗，柯克，狙击手是一个很棒的工作。

正是如此，尼哈德，你能讲讲吗？

当然！这是一份艺术工作。因为一个好的狙击手，可不会随随便便开枪，不，不，不！我有很多原则，柯克！

第一：当你射击的时候，你需要一击毙命，这样对方才不会痛苦。

确实如此！

第二：你需要射杀所有人，这样才对大家公平！

可是对我来说，柯克，我的枪就像我的生命。

你知道吗，柯克，我装进枪里的每一颗子弹都像一首诗。

我向人们射出的是诗，是我精准的诗杀死了那些人，这也是为什么我拍的那些照片会如此精彩。

告诉我，尼哈德，你是不是会射杀所有人？

不，柯克，不是所有人……

我猜你不会杀孩子。

不，不，我杀孩子。这不是问题。你知道那就像杀一只鸽子。

那么？

不，我不会射杀像伊丽莎白·泰勒那样的女人。伊丽莎白·泰勒是一个了不起的女演员。我非常喜欢她，我不想杀伊丽莎白·泰勒。所以如果我看到一个跟她长得很像的女人，我不会射杀她……

你不杀伊丽莎白·泰勒。

是的，柯克，当然不杀。

谢谢你，尼哈德。

不客气，柯克。

尼哈德起身，扛起步枪，再次射击。

34. 沙姆斯蒂尼

西蒙和埃赫米勒·勒贝尔在沙姆斯蒂尼面前。

娜瓦尔（45岁）。

埃赫米勒·勒贝尔　为了找到您，我们可是找了个遍！去右边，去左边！沙姆斯蒂尼先生在那里，沙姆斯蒂尼先生在这里，没一个可靠的答复！您大名鼎鼎，可是找到您不容易。

沙姆斯蒂尼　你是萨瓦纳？

西　　蒙　是我。

沙姆斯蒂尼　当我知道你的姐姐来了这一带，我就说过："如果珍娜妮不来找我，那萨瓦纳会来。"当我知道那个唱歌的女人的儿子在找我，我就知道她已经死了。

娜 瓦 尔　当你再次听到有人提起我，我已不在这个世上。

西　　蒙　我要找她在我之前有过的那个孩子。

沙姆斯蒂尼　在她离开这个国家之前，我问过她："那你儿子呢？"

娜 瓦 尔　他活着，但丢了。瓦哈布活着，但丢了。我活着，但丢了。

西　　蒙　人们说您可以帮助我。

沙姆斯蒂尼　我不能。

西　　蒙　人们说您认识所有人。

沙姆斯蒂尼　他，我不认识。

西　　蒙　他叫尼哈德·阿哈曼尼。

沙姆斯蒂尼　你为什么要提尼哈德·阿哈曼尼？

西　　蒙　一个民兵小时候跟他认识。他们一起加入了民兵队，后来他就没了他的音信。他对我们说："沙姆斯蒂尼应该把他带走杀了。"他对我们说，您会活剥您阵营里的人抓回来的每一个民兵和外国士兵。

沙姆斯蒂尼　他对你说尼哈德·阿哈曼尼是唱歌的女人的孩子，是她和瓦哈布生的那个没人知道长什么样的孩子？

西　　蒙　　不是。他什么都不知道。也从未听说过唱歌的女人。他只是跟我说尼哈德·阿哈曼尼曾经到过您这里。

沙姆斯蒂尼　那你怎么能说他是唱歌的女人的孩子？

埃赫米勒·勒贝尔　如果您允许，我可以解释。我是埃赫米勒·勒贝尔，是唱歌的女人的公证人和遗嘱执行人。沙姆斯蒂尼先生，我可以跟您说是怎么回事，所有细节都对得上。

沙姆斯蒂尼　快讲！

埃赫米勒·勒贝尔　可真是烧脑！我们先是去了马万女士的故乡，她的村庄。那里的线索把我们带到了卡法海亚。在那里，根据几个男孩当年到达孤儿院的日期，我们跟了几条不同的线索。托尼·穆巴哈克，但不是他，他在战争即将结束的时候找到了自己的父母，他这个人不太友善，一点都不讨人喜欢。杜菲克·哈拉比，也不是他，他在北边的罗马废墟旁开餐馆，他做的鸡肉串非常好吃，他不是这个国家的人，他的父母都死了，是他的姐姐把他带到了卡法海亚的孤儿院。我们还跟了其他两条错误的线索，然后我们终于找到了一条有效的。这条线索把我们带到了一个姓阿哈曼尼的家庭，如今这家人都死了。他家街上杂货铺的老板跟我们提到了他们的养子，告诉了我们他的名字。我就去见了我的一个同行——哈拉比公证人，人非常和善，他负责过阿哈曼尼家的事务。他那里记录着浩杰和苏哈伊拉·阿哈曼尼没法生孩子，就去卡法海亚领养了一个男孩，起名尼哈德。孩子的年纪和他到达孤儿院的情况，与我们所了解的娜瓦尔女士的孩子完全一致。尤其是这个孩子是唯一一个由负责给娜瓦尔村子的女人们接生的，一个叫爱拉姆·阿布达拉哈的女人带来的。有了这个讯息，您就能理解，沙姆斯蒂尼先生，我们几乎可以确认这个事情。

沙姆斯蒂尼 如果唱歌的女人选择信任你，那说明你是一个高尚又可敬的人。可是现在请出去。让我们单独待一会儿。

埃赫米勒出去。

沙姆斯蒂尼 萨瓦纳，跟我待着。听我说，好好听我说。

35. 远古世纪的声音

埃赫米勒·勒贝尔和让娜。

埃赫米勒·勒贝尔 他还是一个字都不说。他跟沙姆斯蒂尼在一起，等他出来，让娜，您的弟弟就有了跟您母亲一样的眼神。他一整天都没有说话。第二天也没说话，第三天也没有。他就待在宾馆里。我知道您在卡法海亚。我并不想打扰您独处的时间，可是西蒙不说话了，让娜，我害怕。或许为了找到真相，我们走得太远了。

让娜和西蒙面对面坐着。

西　　蒙　让娜，让娜。

让　　娜　西蒙！

西　　蒙　你一直都跟我说1加1等于2。是真的吗？

让　　娜　是的……是真的……

西　　蒙　你没骗我吗？

让　　娜　当然没有！1加1等于2！

西　　蒙　从来不会等于1吗？

让　　娜　你发现了什么，西蒙？

西　　蒙　1加1，可以等于1吗？

让　　娜　可以。

西　　蒙　怎么会这样呢？！

让　　娜　西蒙。

西　　蒙　解释给我听！

让　　娜　见鬼，这不是算数的时候，告诉我，你发现了什么！

西　　蒙　解释给我听1加1怎么能等于1，你总是说我什么都不懂，那么现在就是让我弄懂的时候！给我解释！

让 娜 好的！数学里有一个很奇怪的推测。一个还从未被证实的推测。你给我一个数字，随便哪一个。如果这个数字是双数，我们把它一分为二。如果是单数，我们把它乘以3然后加上1。我们用我们得到的数字这么来做。这个推测证实，无论最初的那个数字是什么，我们总是会得到1。给我一个数字。

西 蒙 7。

让 娜 好。7是单数。我们把它乘以3再加上1，等于⋯⋯

西 蒙 22。

让 娜 22是双数，我们把它除以2。

西 蒙 11。

让 娜 11是单数，我们把它乘以3，再加上1——

西 蒙 34。

让 娜 34是双数。我们把它除以2，17。17是单数，我们乘以3加上1，是52。52是双数，我们把它除以2，是26。26是双数，我们把它除以2得到13。13是单数。我们乘以3，再加上1，是40。40是双数，除以2等于20。20是双数，我们除以2，等于10，10是双数，我们除以2，等于5。5是单数，我们乘以3加上

		1，等于16。16是双数，我们除以2，等于8，8是双数，我们除以2等于4，4是双数，我们除以2，等于2，2是双数，我们除以2，等于1。无论最初的那个数字是几，我们总是会得到……不！
西　　　蒙	你不说话了。跟我知道之后一样。我那时候是在沙姆斯蒂尼的帐篷里，在他的帐篷里，我看到沉默如海，淹没了一切。埃赫米勒·勒贝尔出去了。沙姆斯蒂尼靠近我。
沙姆斯蒂尼	萨瓦纳，你来这里找我不是偶然。这里，有你母亲的灵魂，有萨吾姐的灵魂。女人们的友谊就如同天空中的星辰。一天，一个男人来找我。他年轻气盛。想象一下。你看到他没？是你哥哥，尼哈德。他那时在寻找生命的意义。我对他说为我而战。他说好。他学会了使用武器。他是一个非常棒的枪手。令人毛骨悚然。有一天，他要离开。你要去哪儿？我问他。
尼　哈　德	我要去北方！
沙姆斯蒂尼	那这里的人的利益呢？难民呢？你生命的意义呢？
尼　哈　德	没有利益，没有意义！
沙姆斯蒂尼	他走了。我帮了他一点儿忙。我让人暗中监护他。我后来明白他是想找到他的母亲。他找了她很多年，都没能找到。他开始对所有事情都不屑

一顾。没有利益，没有意义，他成了一个狙击手。他收集照片。尼哈德·阿哈曼尼。在这里有着真正的艺术家的声望。我们经常听到他唱歌。也是一个杀人机器。后来国家被外国军队侵略。他们一直打到了北方。一个早晨，他们抓住了他。他杀了他们七个枪手。他瞄准了他们的眼睛。子弹打穿了他们的眼镜。他们没杀他。他们把他留下了，他们培训他，他们给了他一份工作。

西　　蒙　什么工作？

沙姆斯蒂尼　在一个他们刚建好的监狱里工作，在南部，在卡法海亚。他们自然得找人负责拷问犯人。

西　　蒙　所以他跟阿布·达骇克、我的父亲一起工作？

沙姆斯蒂尼　不，你的哥哥没跟你的父亲一起工作。你的哥哥就是你的父亲。他改了名字。他忘了尼哈德。他成了阿布·达骇克。他找过他的母亲，他找到了她，却没有认出她。她找过她的儿子，她找到了他，却没能认出他。他没有杀她，因为她唱歌，他喜欢她的声音。天黑了，萨瓦纳。你都弄明白了：他折磨你的母亲，而你的母亲，是的，被她自己的儿子折磨，儿子强暴了他的母亲。那个儿子是他弟弟和妹妹的父亲。你听得到我的声音吗，萨瓦纳？就好像远古世纪的声音。你刚才叫出"尼哈德·阿哈曼尼"这个名字的时候，星星在我身上沉默了一秒钟，它们沉默了。我看到星星沉默地转到了你这里，在你身上沉默着。萨瓦纳，那是星星的沉默，也是你母亲的沉默。与你同在。

尼哈德　我对这些年有关我的诉讼案上说的一切，都没有任何异议。那些说我折磨过他们的人，是被我折磨过。那些我被指控谋杀的人，是被我杀的。此外，我想感谢他们，因为是他们让我照出了那些美轮美奂的照片。那些我抽过嘴巴和那些我强奸过的人，他们的脸在被我抽大嘴巴和被我强奸过后，都比被抽打和被强奸之前更加动人。可是，我想说的重点是，你们对我的审判可真是太无聊了，让人昏昏欲睡，想死的心都有。连点音乐也没有。那么我要给你们唱一首歌。我这么说是因为得拯救尊严。这话不是我说的，是一个女人说的，她被人们称作唱歌的女人。昨天，她来了，在我对面谈论尊严。说要拯救我们所剩无几的尊严。我思考了一下，我觉得她说得没有什么错误。这审判可真是无聊啊！没有节奏，没有一点演出的意思。演出，对我来说，就是我的尊严。而且从一开始，我在娘胎里就带着。据说，人们在我出生后被放入的桶里发现了它。那些看着我长大的人总是跟我说,这个东西是有关我身世的凭证,从某种意义上来说,是我的尊严,因为,根据传言,是我母亲把它送给我的。一个小红鼻子。一个小丑的小红鼻子。这意味着什么?我的尊严是那个赋予我生命的人留下的一副鬼脸。这副鬼脸从未离开我。让我戴上它,给你们唱一首我自己写的歌,以此拯救那可怕又无聊的尊严。

他戴上小丑鼻子。他唱歌。

娜瓦尔(15岁)分娩尼哈德。

娜瓦尔(45岁)分娩让娜和西蒙。

娜瓦尔(60岁)认出了她的儿子。

让娜、西蒙和尼哈德三人在同一个房间。

36. 写给父亲的信

让娜把一个信封交给尼哈德。尼哈德打开信封。

娜瓦尔(65岁)读信。

娜 瓦 尔 我颤抖着给你写这封信。

这些字,我真想把它们扎进你这刽子手的心里。

我紧握着笔,一字一句地写。

回忆着所有结束在你手中的生命的名字。

我的信不会让你震惊。

它只是为了告诉你:

你的女儿和你的儿子在你面前。

我们两人共同的孩子在你面前。

你要对他们说什么?你会给他们唱一首歌吗?

他们知道你是谁。

珍娜妮和萨瓦纳。

生于可怕境地,刽子手的儿子和女儿。

看着他们。

这封信由你的女儿交给你。

通过她,我想对你说你还活着。

但不久后,你将说不出话来。

我知道。

在真相面前,所有人都会沉默。

那个唱歌的女人

72号婊子

7号牢房

于卡法海亚监狱。

尼哈德读完信。他看着让娜和西蒙。他把信撕掉。

37. 写给儿子的信

西蒙把他的信封交给尼哈德,他打开了信。

娜 瓦 尔　我到处寻找你。

那里，这里，能找的所有地方。

我在下雨天寻找你，

我在太阳下寻找你

在森林的深处

在山谷的凹处

在山的高处

在最阴暗的城市

在最阴暗的街头

我去南方找你，

去北方，

去东方

去西方，

我一边寻找你一边挖黄土埋葬我死去的朋友们，

我看着天空寻找你，

我在鸟群中找你

因为你曾是一只鸟儿。

还有什么能比一只鸟儿更美丽，

一只在阳光下舒展的鸟儿？

一只孤独的鸟儿，

一只在暴风雨中央的鸟儿

在白日的边缘背负着他奇怪的命运？

一瞬间，你曾是恐怖的化身。

一瞬间，你就变成了幸福的使者。

恐怖与幸福。

沉默卡住了我的喉咙。

你在怀疑？

让我对你说。

你站了起来

你拿出了那个小丑的鼻子。

我的记忆炸开了，

别战栗。

别发抖。

我记忆深处那些遥远的话语缓缓走来。

那些我经常跟你低语的话。

在我的牢房里，

我跟你讲述你的父亲。

我跟你讲述他的样子，

我跟你讲述在你出生那年我立下的誓言。

无论发生什么，我都会永远爱你，

无论发生什么，我都会永远爱你

谁承想，就在同一瞬间，我们，你和我，都失败了

因为我曾经是那么恨你。

可是有爱的地方，是不能够有恨的。

为了留住爱，我盲目地选择了缄默。

一只母狼总会保护她的幼崽。

在你面前的让娜和西蒙。

他们两人是你的弟弟和妹妹，

因为你因爱而生，

他们是爱的兄妹。

听我说

这封信是我在一个清冷的晚上写下的。

它会让你知道那个唱歌的女人就是你的母亲。

也许你也会沉默不语。

那么要有耐心。

我在跟儿子说话，因为我跟刽子手无话可说。

要有耐心。

在沉默之外，

还有在一起的幸福。

没有什么是比在一起更美好的了。

因为这是你父亲说出的最后的话。

你的母亲。

尼哈德读完了信。他站了起来。

让娜和西蒙站了起来，面对着他。

让娜撕掉了她笔记本上的每一页。

38. 写给双胞胎的信

埃赫米勒·勒贝尔打开了给双胞胎的第三个信封。

埃赫米勒·勒贝尔　是时候打开了。要下雨了,可以肯定,可以肯定,可以肯定。你们不想进来?其实,我理解你们。我要是你们,没准也不会进来。这边有一个很漂亮的公园。在她的遗嘱里,如果你们完成了她要你们做的事,你们的母亲会留给你们一封信。你们超乎想象地完成了。要下雨了。在她的国家从来都不下雨。我们就待在这里。这样凉快。给,这是那封信。

西蒙打开信封。

娜　瓦　尔　西蒙,

你哭了吗?

如果你哭了,别擦干你的眼泪

因为我没有擦干我的眼泪。

童年是一把插进喉咙里的匕首

而你知道如何将它拔出。

现在,需要重新学会咽下自己的口水。

有时这需要勇气才能做到。

咽下自己的口水。

现在，需要重新建构故事。

故事已经碎成粉屑。

轻轻地

安慰每一个碎片

轻轻地

治愈每一段记忆

轻轻地

摇动每一个画面。

让娜，

你在微笑吗？

如果你微笑，不要克制你的笑声

因为我也不克制我的。

是愤怒的笑声

是那两个肩并肩走在一起的女人的笑声。

我本该叫你萨吾姐

可是这个名字，拼写出它的

每一个字母

都是我心上一道巨大的伤口。

微笑，让娜，微笑

我们的家族，

我们家族的女人，我们都被困在愤怒的沼泽中。

我曾经因为我的母亲而愤怒

就像你因为我而愤怒

就像我的母亲因她的母亲而愤怒。

需要打破轮回，

让娜，西蒙，

你们的故事从哪里开始呢?

从你们出生的时候?

那它始于灾难。

从你们父亲出生的时候?

那始于一段伟大的爱情故事。

可是如果我们追溯得更远一些，

也许我们会发现这段爱情故事

也始于血腥和强暴，

风水轮转，

嗜血成性的人和强奸犯

也可以生于爱。

那么，

当有人询问你们的故事，

告诉他们你们的故事、你们的出生，

要回溯到那一天，一个年轻的女孩

重新回到自己出生的村庄，为了在她外婆的墓上刻写她的名字——娜孜哈。

故事从那里开始。

让娜,西蒙,

为什么什么都没跟你们说?

有一些真相只有在有条件被发现的时候,才能被看到。

你们打开了信封,你们打破了沉默

请在石碑上刻上我的名字

把石碑放在我的墓前。

你们的母亲。

西　　蒙　让娜,让我听一听她的沉默。

让娜和西蒙听着他们母亲的沉默。大雨倾盆。